宵待の戯れ ～桃華異聞～

和泉　桂

幻冬舎ルチル文庫

CONTENTS

✦目次✦

宵待の戯れ～桃華異聞～

✦カバーデザイン＝清水香苗（CoCo.Design）
✦ブックデザイン＝まるか工房

イラスト・佐々成美 ✦

宵待の戯れ

桃華山《とうかざん》から流れる川にかけられた武門《ぶもん》橋を渡ると、すぐに桃華郷《とうかきょう》の壮麗《そうれい》な表門が見えてくる。朱塗りの大門には屋根が載せられ、七色の旗がはためく。

初めて桃華郷を訪れた者は、たいていが大門の素晴らしさに圧倒されるものだ。扁額《へんがく》には『慾界之仙都《よくかいのせんと》　塵寰之楽境《じんかんのらっきょう》』とあり、ここが色町であると示している。大門には、それぞれが子供の身長ほどもあろうという、極彩色の四神獣《ししんじゅう》の彫刻が絡まっていた。

とうとう、ここに戻ってきてしまった。あのときから変わることのない、この郷《さと》に。

関灯璃《かんとうり》がこの遊廓《ゆうかく》――桃華郷に来るのは二度目になる。果たすことのできなかった虚《むな》しい約束と憧《あこが》れの人の面影が、今もこの胸に宿っていた。

あれから一年。

「――灯璃、覚悟はいいか？」

連れの厳信《げんしん》に唐突に問われて、灯璃は顔を上げた。

「え？」

「ここに足を踏み入れたら最後、年季が明けるまでは帰れないぞ」

厳信は名前のとおり厳《いか》つい大男の女衒《ぜげん》で、故郷の邑《むら》から灯璃をここまで連れてきたのだ。

「それくらいわかって、ここに来てるから……大丈夫、です」

灯璃は微《かす》かな笑みを浮かべる。

苦界《くがい》に足を踏み入れる者は、浮世のすべてを外界に置いていかなくてはいけない。

それが、この郷《さと》の数少ない規則の一つだ。

街道は武門橋から大門へと続き、郷に入るとそのまま大通りになる。両脇《りょうわき》には華やいだ店が所狭しとぎっしりと軒《のき》を連ねているが、花樹や植木も上品に咲き、けばけばしさは欠片《かけら》もなかった。

本当に、変わらない。

灯璃が期待に胸を高鳴らせて、初めてこの郷を訪れた頃《ころ》と。

この通りを真っ直《す》ぐ行くと裏門に突き当たる。その門を抜けると山麓《さんろく》への小径《こみち》が続き、山《やま》裾《すそ》にはひっそりとした天帝廟《てんていびょう》がある。どきどきしながらそこを訪れたかつての自分のことを、灯璃は懐かしく思い出していた。

「これからおまえが行くのは、太白家《たいはくや》って店だ」

厳信は見た目はがっしりとしてさも強面《こわもて》だが、陽気で気遣いを欠かさぬたちで、道中も沈み込むばかりだった灯璃をずっと慰めてくれた。

「その前に、東昇閭《とうしょうりょ》へ行くか？　会いたいだろ、あいつに」

「あいつ？」

「聚星《しゅうせい》だよ、聚星。忘れたわけじゃないだろうが」

聚星は、一年前、まだ幼かった灯璃が再会を約束した相手だ。

気軽な調子で聚星の名前を出されると、胸がずきりと痛んだ。

言葉もない灯璃を元気づけるように、厳信は続ける。

「おまえが聚星に夢中だっていうのは、この郷じゃちょっとした噂《うわさ》になってたんだぜ」

「そんなに？」

「そりゃあな！　東昇閣一の売れっ子の男妓《だんぎ》は、成人前の子供も惚《ほ》れ込ませる色香の持ち主……とな」

いい男になってもう一度聚星に会いに行くと誓ったのに、その約定は果たせないまま、あっという間に月日は過ぎた。

地方の富農《ふのう》の御曹子《おんぞうし》だった灯璃は、信じていた人に裏切られてすべてを失い、こうして顔見知りの厳信の手で男娼《だんしょう》として売られてきたのだ。

以前は溌剌《はつらつ》とした光を湛《たた》えていた大きな二重《ふたえ》の瞳《ひとみ》は愁《うれ》いに沈み、桜色の唇はひび割れてしまっている。薔薇《ばら》色の頬《ほお》も昔日《せきじつ》の面影がなく、面差《おもざ》しもだいぶ変わってしまった。

無言になった灯璃に気づき、厳信は「すまん」と呟《つぶや》いた。

「悪かった。――さすがに、今はまだ、会いたくないよな」

今どころか、この先、もう二度と会えない。

どんなに会いたくても。

会いたくて、会いたくて、会いたくて……何度も夢に見たとしても。

最初に約束を破ったのは、灯璃のほうだから。

家族どころか、自分自身のことでさえも守れなかった灯璃には、聚星に会う資格なんてないのだ。

「うん」

「そうだったな。おまえは嘘《うそ》はつけないし、あいつと顔を合わせたらばれちまうか」

厳信は苦い笑みを口許《くちもと》に浮かべた。

「大丈夫だって！　心配かもしれないけど……おまえ、可愛いからさ。売れっ子になるよ」

「……はい」

どんな顔をすればいいのかわからずに、灯璃はこっくりと頷《うなず》く。

「若いうちにぱーっと稼げば年季もすぐに明ける。そうしたら、故郷にだって帰れるからな」

「帰っても……誰も、いませんから」

苦く呟いた灯璃に、厳信は「すまん」と告げる。今のは完全に灯璃の失言だったが、厳信は女衒にしてはひどく優しかった。

「行こうか。うだうだしてたら、すぐ夕方になっちまう」

「はい」

灯璃が再び歩きだした、そのときだ。

「厳信！」

背後からかけられた涼やかな美声に、灯璃はびくんと身を震わせる。

呼ばれたのは自分の名ではなかったが、その妙《たえ》なる声の響きに聞き覚えがあったからだ。

「お、おう……聚星。元気か？」

まさか、こんなところで聚星に再会するなんて……。

嬉しくてたまらないのに、振り返ることはできなかった。

動揺し、狼狽する灯璃は、声を立てぬように息を詰める。

「ああ。……おまえ、今日の連れは男なのか？」

「まあな」

早く、この場から立ち去ってほしい。

いや、聚星は自分のことなんて忘れてしまっているかもしれない。灯璃は聚星にとって、たまたま二度ばかり顔を合わせただけの赤の他人に過ぎないのだから。

聚星が灯璃のことを覚えている理由なんて、どこにもないのだ。

ずっと再会を夢見ていたのに、今の自分には名乗る資格すらない。それが何よりも悲しくて、胸が張り裂けそうだ。

「そうか。どれ」

呟いた聚星が俊敏に灯璃の前に回り込んだので、顔を隠す余裕もなかった。

「あっ」

思わず、声が漏れる。

栗《くり》色の長い髪を結い上げ、玲瓏《れいろう》たる艶《つや》やかな美貌《びぼう》が眩《まぶ》しい。

外出しやすいように裾《すそ》や袖《そで》が短いすっきりとした衫《さん》だったが、どんな衣服を着ていても、聚星の気高い美貌を隠すことはできない。

桃華郷一と謳《うた》われる玉容《ぎょくよう》の持ち主である聚星は、驚きに身を震わせた灯璃を見て、わずかに目を瞠《みは》った。

「――灯璃……」

彼の薄くかたちのよい唇が灯璃の名を呼ぶために動いた刹那《せつな》、灯璃は喩《たと》えようのない甘美な疼《うず》きを覚えて無意識に心臓を押さえる。

――半年経ったら、絶対来る。だから、待ってて。

――では、待ってやる。約束だ。

――うん！

あの日の記憶は、色褪《いろあ》せることなくこの胸の中で輝いているからだ。

「灯璃なのか、おまえ」

「聚星……」

覚えてくれていたのだ。

いっそ、忘れられたいと何度も願った。

でも、それとは裏腹に、忘れられているのかもしれないと思うと悲嘆に心が痛んだ。

「…………」

言葉が、出てこなかった。

胸が苦しくて、息もできない気がする。

聚星の記憶の中に、灯璃がいる。

今の自分とはまるで違う、かつての灯璃が。

だから、こんなに苦しいのかもしれない。

何もかも失ったはずの自分に、彼はこの胸の痛みを与えてくれるから。

それは仄《ほの》かな希望か、もしくは、絶望なのか。

1

あたりに漂う甘い香りに目を細め、短袴《たんこ》を穿《は》いた関灯璃《かんとうり》は荷台から下ろした足をぶらぶらさせた。

春の風は陽射《ひざ》しを含んでうらうらとあたたかく、旅人の心を浮き立たせてくれる。

馬車に乗ったばかりのときは足が地面に着いてしまうのではないかと怖かったが、旅が続くうちに慣れた。

旅のあいだに気にならなくなったことといえば、馬車の不規則な揺れもその一つだ。

社会勉強の一環ということで、灯璃は家の馬車を使わず、道中で行き会った親切な者たちに金を払って馬車に便乗させてもらっている。効率はあまりよくないが、いろいろな話を聞けて有益なはずだった——乗り物に酔ったりしなければ。

一行は御者を引き受けた農夫と、灯璃、連れの明正《めいしょう》。それから昨日行き会ったばかりのむさ苦しい厳信《げんしん》という男の四人だった。

厳信は荷台に座る灯璃の隣でぐうぐうといびきをかいて眠っており、一向に起きようとしない。こんなに揺れ動く馬車の上でよくも寝られるものだと、まだそこまで慣れていない灯璃は、彼の図太さに呆《あき》れずにはいられなかった。

「大丈夫ですか、灯璃様」

御者の隣に座っていた明正に問われ、灯璃は「うん」と答える。

先ほどまでは悪心《おしん》を催《もよお》して苦しんでいたが、途中で朝がゆを全部戻してしまうと、けろりと元気になった。

長めの真っ黒な髪を二つに分けて頭の両側で束ねているのが、まるで尻尾《しっぽ》のようだ。馬車が悪路にさしかかるたび、灯璃の髪の束がゆらゆらと揺れ、荷台に影をつくる。

髪を結わえているのは、魔除《よ》けを目的とする一族の習慣からだ。成人すれば違う髪形にしてもいいのだが、十四の灯璃はまだ許しを得ていない。

「灯璃様は、遠出をなさることはあまりないですからね」

「もっとあちこち行かせてくれればいいのに」

「まだお若いので、奥方様もご心配なのでしょう」

宥《なだ》めるような明正の口調に、灯璃は「ちぇ」と舌打ちをする。

「この山を越えた向こうが、桃華山《とうかざん》ですよ。今は霧で見えませんが」

「うん」

「本来ならば、あまりお連れしたくはないのですが……」

「大丈夫だって、何度も言ったじゃないか」

明正は、万事につけて心配性なのだ。

そもそも、大昔、桃華郷《とうかきょう》がどんなに美しくて素晴らしいところか教えてくれたのは当の明正のくせに、いざ灯璃がそこに行くと言いだすと、彼は最後まで反対し続けた。それでも灯璃が「絶対に行く、家出してでも行く」と言って譲らなかったため、最後にはやっと折れた。それも「仕方ないので私がついていきます」ときっぱり釘《くぎ》を刺しながら。

明正は悪い男ではないし、灯璃を一番に心配してくれるものの、堅物すぎて時々息が詰まりそうになる。灯璃の住む邑《むら》では、ほかの子供たちはお目付役なんていなかった上、あまりに厳格な明正の存在ゆえに灯璃は浮き上がってしまっていた。おかげで同じ年頃《としごろ》の友達は全然おらず、特に女の子の扱いは、苦手中の苦手だった。そのせいで婚約者の梅花《ばいか》を怒らせてしまったくらいだ。

「桃華山まではもうすぐです。日の高いうちに着くことができるそうですよ」

「……よかった」

灯璃はほっと胸を撫《な》で下ろし、荷台の藁《わら》を掻《か》き分けるようにして明正に躙《にじ》り寄った。

「明正は、桃華山に実際に行くのは初めて？」

「私は大旦那《おおだんな》様のお供で、何度か」

確かに明正の話は詳しかったが、彼のような堅物が桃華郷に行ったことがあるなんて。

「お祖父《じい》様の……？」

初めて聞くことに、灯璃は真っ黒な瞳を瞠った。

今は寝たきりの祖父は色好みでつとに有名だから、桃華山の麓《ふもと》にある遊廓・桃華郷に足繁《あししげ》く通ったと言われてもおかしくはない。しかし、なにしろ灯璃の郷里からここまでは、随分遠いのだ。灯璃が住む『楽《がく》』は東西に長い楕円《だえん》状で、故郷である西の国外れから中央に位置する桃華郷までは、馬を使ったところでかなりかかる。要するに桃華山に遊びに行くよりも、隣国の磬《けい》でも訪ねたほうがよほど近いのだ。

「坊ちゃんは、桃華郷に遊びに行くんで？」

この馬車の持ち主である農夫に問われ、灯璃は「そうだ」と心持ち胸を張って答える。

「……本当ですかい？　この兄さんに騙《だま》されてるなんてことは」

「騙す？　明正が、どうして？」

灯璃は大きな目を更に丸くし、日に焼けた中年男性の顔をじっと眺めた。

「灯璃様。この方は、私が女衒《ぜげん》ではないかと思ってらっしゃるのです」

「ぜげんって何？」

灯璃が問い返すと、明正は困惑したようにため息をついた。

「女衒ってのはな、つまり俺の同業者よ」

傍らから男の野太い声が聞こえ、灯璃がそちらを見やる。身を起こした厳信は黒々とした顎髭《あごひげ》を撫《な》で、にやりと笑った。

「こう、見目麗《みめうるわ》しくて具合が良さそうな女がいたら、話を持ちかけるんだ。一儲《ひともう》けしないかってさ。今回は、郷の様子を見がてらどんな子を仕入れるか、改めて調べてこようと思ってな」

「……厳信さん。それは人身売買の一面しか表しておりません。誤解を招きそうな表現なので、少し黙っていただけませんか？」

「はいはい。まあ、お坊ちゃんも随分世間知らずみたいだし、あんたたちは足して二で割ればちょうどいい」

にやにやと笑った厳信は、灯璃の頰を無遠慮にぷにぷにと突いた。

「桃華郷のことは何でも俺に聞けよ。たとえば、女だったら一番の売れっ子は孫貞麗《そんていれい》。男だったら蘇聚星《そしゅうせい》だな」

「桃華郷って男の人もいるの？」

「そりゃあ、な。男女のどっちも愉《たの》しめないと不公平というのが、えらーい仙人様のお考えだそうだ。俺は男はだめだが」

そこでこほんと明正が咳《せき》払いをする。

「さあ、もうよろしいでしょう、厳信さん」

「え？　これからがいいところだってのに……」

ぎろりと明正に睨《にら》みつけられ、厳信は苦笑した。

「そうだな。何事も、実地での訓練が一番か。すぐには必要なくても、判断力を身につけておいたほうがいいもんな」

どうやら、明正は厳信にあまり好感を抱いていないようだ。

思うに、明正が灯璃の耳に入れたくないと思っているようなことまで、厳信がずばずばと口に出してしまうせいだろう。

要するに、明正は灯璃が世間知らずであっても、大した問題でないと考えているに違いない。灯璃自身はそれではいけないと思うのだが、長いあいだ世話になっているお目付役は、どうせ言ったところで聞いてくれそうにない。

「明正が出かけてるあいだ、暇だろ？　今夜は俺が相手してやろうか、灯璃」

「だから！　今日の主役は俺なんだってば」

気持ち胸を張って灯璃が告げると、厳信はぽかんとしたように灯璃の顔を眺め回した。

「おまえが？　嘘《うそ》だろ？」

「嘘じゃない。何か問題でも？」

「女性をお買いになるには、ちょっとばかり早いんじゃないですかい？」

今度は御者の農夫にずばりと言われて、灯璃は頬を染めた。

「し、失敬だな！　俺はこの冬には十五になる。楽では十五で元服だし、そうしたらすぐ嫁をもらうことになってるんだから」

「――嫁さん、ですか……」

含みのある発音で呟かれて、むっとした灯璃は精一杯険しい顔をしたのだが、農夫はもうこちらを振り向こうとしない。

「こんな可愛いなりで女を買った上、新妻までもらうのか……羨《うらや》ましいこった」

傍らの厳信が、もう一度灯璃の頬を人差し指で突いた。

「さっきから気安く触らないでよ！　俺、そうやって触られるのは嫌いなんだ」

「嫌い？　じゃあ、こういうのは？」

「ひゃっ」

厳信が灯璃の袴《はかま》の上から、足首から膝《ひざ》にかけてを指先でつうっと辿《たど》ったのだ。

「な、な、なに？」

真っ赤になって身を竦《すく》ませる灯璃に、厳信は呆れたような瞳を向ける。

「……おまえ、やっぱり桃華郷はやめておいたらどうだ？」

「放《ほう》っといてよ！」

いくら灯璃が世間知らずとはいえ、厳信や農夫の言わんとすることは、何となくわかっていた。

やはりこの顔立ちがいけないに違いない。

大きな黒目がちの瞳は猫のようにつり上がっていたものの、迫力があるとは言い難い。鼻はつんと尖《とが》り、ふっくらとした唇はいつも桜色だ。一族の決まりで濡《ぬ》れたように艶やかな髪の毛を二つに縛っているため、幼さが際立ってしまうのかもしれない。おまけに身長だってなかなか伸びなくて、そう背の高くない明正と並んでも肩くらいまでしかなかった。

こういうときばかりは、自分を産んだ母を恨みたくなる。

もちろん、灯璃の母は優しくて素晴らしい人なのだが、とにかく顔も性格も可愛らしい。従って、母にそっくりな灯璃に与えられる形容詞は必然的に決まっており、父など、時として灯璃を「私の可愛いお人形さん」と呼んだ。さすがに去年には灯璃も癇癪《かんしゃく》を起こして、「そんなふうに呼んだら、父様と一生口を利かない」と宣言したほどだ。

今となっては何もかも懐かしくて涙が滲《にじ》みそうになり、灯璃は慌《あわ》てて上を向いた。

泣いたりしたら、だめだ。流行病《はやりやまい》で突然に亡くなった父に、申し訳が立たない。

若くして後家になった母も、泣かずに日々を我慢しているじゃないか。現に、今回だって灯璃のことを「修行の一環ですもの」と快く送り出してくれた。

そんな母を安心させるためにも、灯璃は一人前に女性を扱うための技巧の数々を習ってこなくてはいけないのだ。

「明正も、俺なんかが遊廓に行くなんて、変だと思ってる？」

膝立ちになって這《は》い寄り、背後から明正に問うと、彼は振り返らずに答えた。

「灯璃様はいささか常識に欠ける面はありますが、勉学に関しては邑一番です。嫁をもらい、立派な世継ぎを産ませることこそが、関家の跡取りのつとめ。梅花様を悲しませないためにも、男子としての作法を学ぶことが肝要です」

そこで明正は一度言葉を切った。

「灯璃様がどれほど立派な跡継ぎ候補かは、長年おそばで仕えてきた私が一番よく知っています。心配なさる必要はありません」

今は亡き父の代わりに、隠居したはずの祖父と伯父が協力して一族を率いているが、いずれは一族の正当な後継者である灯璃が当主となる予定だった。

「……うん。ありがとう」

教育係の明正は七つ年上だ。彼は幼くして両親を亡くし、随分苦労したようだ。しかし、灯璃の父に拾われてからはめきめきと頭角を現し、今や関家の使用人の中では最も信頼されている人物でもある。事実明正は切れ者で、伯父などは手のかかる灯璃の世話をさっさと終わらせて、己の仕事を手伝ってほしいと思っているようだった。

すらりとした体軀《たいく》と美しい切れ長の瞳の明正に男臭いところはないが、理知的な顔つきと淡々とした物言いのおかげで、他人には「柔和なくせにひどく恐ろしい」という印象を与えるようだ。

「桃華郷に着きましたらお起こしします。眠ってもよろしいですよ」

生欠伸《あくび》をする灯璃に気づいたのか、明正はそう告げる。

「でも、桃の匂《にお》いが随分強いよ。もうすぐ郷なんでしょう？」

「そうなんだよ。桃華郷は一年中、桃の花が咲いてるんだ。だから、迷わずに着く」

明正の代わりに、厳信が陽気な調子で答える。

「一年中……素敵なところなんだ」

「男にとっちゃ、……いや、善男善女にとってはそれこそ夢のような世界ってやつだな」

厳信は相好《そうごう》を崩した。


いにしえより天帝と神獣に守られしこの大陸は、聳《そび》え立つ天威《てんい》山脈によって中央部分を二つに分断され、灯璃たちの住む東半分を陽都《ようと》六州、西半分を月都《げっと》六州という。

国生みの頃には陽都には文字どおり六カ国しかなかったが、ここ数百年というもの戦乱が続き、大小様々な国が興亡を繰り返している。その数は百とも二百とも言われ、正確な数を知る者はなかった。

多くの国々は貧しく、人々は困窮している。

しかし、天帝をはじめとした神仙が住む桃華山を中央に持つ『楽』だけは、戦乱の波及もなく、独自の文化を保っていた。

桃華山の麓《ふもと》にある遊廓――桃華郷が、楽を特殊な国にしている要因の一つでもあった。天帝や神仙は人の世に介入しないのが掟《おきて》だが、藁《わら》にも縋《すが》る思いで頼み事をするのが人情というものだ。そうした人々が桃華山の麓に集まれば、今度はそれを目当てに商売をする者も出てくる。

はじめはぽつぽつと私娼を置く店がある程度だったが、それを目にした仙人が、山麓《さんろく》に大々的な遊里をつくってしまったのである。

天帝や神仙がおわす山の麓に悪所をつくることなど、不届き千万というのが普通の考え方だろう。しかし桃華山の仙人の中には変わり者もおり、望みを叶《かな》えることはできずとも、神仙を信じて訪れる人々に至福の悦《よろこ》びを与えんと遊廓を開いたのだという。

どちらにしても、神仙の公認の遊廓は、「御利益《ごりやく》がある」「この世のものとは思えぬ快楽を味わえる」という噂もあって流行《はや》らぬわけがなく、桃華山詣《もう》でと桃華郷での遊興は、二つ一組として受け取られることも多い。中には参加者を募って『講《こう》』を組む強者《つわもの》もおり、それが売れると目をつけたのか、桃華山に行く人々を案内するという商売を始める連中も現れた。

行き来する人々が金を落とすため楽の国家財政は裕福で、税も格段に安く、とかく住みやすい国だと評判だった。

「見えてきましたよ。あれが、桃華の郷です」

「わあ……！」

丹塗《にぬ》りの大門の前に馬車が停《と》まり、灯璃はその華やかさに瞳を奪われた。門には七色の旗が飾られており、折からの強い風にはためいている。

郷の中は乗り物の乗り入れは禁じられているため、農夫は大門の近くの邪魔にならない場所で馬車を停めた。

「どうもありがとうございました」

灯璃はそう言って、とんっと地面に飛び降りる。まだ足がふわふわして変だったが、すぐに忘れられるだろう。

「愉しい夜になるよう祈ってるよ」

人懐っこく笑った農夫は、愉快そうに手を振りながら消えていった。この近辺に住む親戚《しんせき》を訪ねるついでに乗せてくれたので、日の高いうちに着きたいに違いない。

地面は固く踏みしめられており、幾多の人々がこの地を訪れたことを想像させられる。

見上げるほどに大きな門は二本の柱で支えられている。周囲は高い城壁が巡らされており、中を覗くことはできなかった。

門に絡まった彫刻は、東の青龍《せいりょう》、西の白虎《びゃっこ》、南の朱雀《すざく》、北の玄武《げんぶ》の四神獣を象《かたど》っており、その見事さに灯璃はぶるっと身を震わせた。

「さて、俺はここで行くぜ。二人とも、浮世の憂《う》さを忘れて、少しでも愉しんでけよ」

「厳信さんも、どうかお気をつけて」

明正が型どおりに告げると、厳信は呵々《かか》と笑った。

「ああ、足腰が無事なよう祈っといてくれ。そっちがだめになると、商売上がったりだからなあ」

厳信は朗らかに言い残し、手を振りながら門の中へ消えていった。

足腰……？

よくわからない言葉に灯璃は小首を傾《かし》げる。

「悪い男ではないようですが、さすが女衒ですね。品位というものがない」

「でも面白い人だったよ。いろいろなことを知っていたし、義兄弟っていう商人の話も面白かった！　俺もいつか、義兄弟ができるといいな」

道中では初心《うぶ》なところをからかわれたりしたものの、厳信のようなさっぱりした気性の人物は、嫌いではなかった。寧《むし》ろ、時間があればもっともっと話をしたかったくらいだ。

「——それはいいとして、少し申し上げておきます、灯璃様」

「うん」

「よろしいですか。この門の中は、陽都であって陽都でない場所です」

俄《にわか》に厳しい顔つきになって、明正は灯璃を見下ろす。

「俗世のもめごとやしがらみは、すべてここに置いていかなくてはいけません。桃華郷が夢のような場所なのは、そういった苦難から人々が解放されているおかげですよ」

「わかったよ、明正」

何度か聞いた注意だったが、彼の言葉の意味までは、灯璃にも理解できていなかった。その証拠に、厳信は気楽な足取りで街の中へ入ってしまったではないか。

「では、行きましょう」

「はーい」

屋根のついた背の高い大門をくぐり抜けると、街道の延長がそのまま大通りとなっている。両脇には華やかな建物が並び、統一性には欠けるものの、不思議な調和を醸《かも》し出していた。

「うわあ……」

優美で凝《こ》った建築が建ち並び、灯璃は驚きにきょろきょろとあたりを見回す。灯璃が住む邑は質実剛健な家屋が多く、こういう凝《こ》った建物は珍しいせいもあるのだが、それ以上にこの廓《くるわ》が特別であることは、見ていればすぐにわかった。

たとえば扁額《へんがく》に『牡丹楼《ぼたんろう》』と書かれた店は、高欄《こうらん》に本物の牡丹の花と見紛《みまご》うばかりに生き生きとした細工が彫り込まれ、扉の取っ手となる鉄の環《わ》も牡丹の意匠だった。柱には牡丹の蕾《つぼみ》が次第に花開く様が、繊細な彫刻となって幾つも施されていた。

こんな素晴らしい細工を見るのは、生まれて初めてだ。

窓枠の寄せ木がどうやって組んであるのかがわからず、子細に検分しようと建物に近寄ったところで、明正にぐっと首根っこを摑《つか》まれて灯璃は小さく呻《うめ》いた。

「だめですよ、灯璃様。好奇心が強いのは結構ですが、迷子になったらあとが困る」

「でも、見てよ。あんなふうに寄せ木にするなんて、どうやるんだろう？」

「この街をつくったのは仙人様ですから、我々が見たことのない細工くらいできますよ」

さも当たり前のことのように、明正は告げた。

「仙のつくるものは、人間の技術ではどうにもできません。だから、国に戻ってもこの建物を再現できないのです」

明正の講釈はさながら家での勉強の延長線のようで、灯璃はさすがに辟易《へきえき》として「そうなんだ」と相槌《あいづち》を打つに留めた。

通りは広々としており、踏み固められた道も歩きやすい。ただ一つ解《げ》せないのは、賑《にぎ》やかな遊廓にしては人通りがほとんどないことだった。

真っ白な猫が、やけにのろのろと目の前を通り過ぎていく。

「早く着きすぎましたね、灯璃様。目当ての『東昇閭《とうしょうりょ》』の近くで、着替えを済ませましょう」

「着替え？」

「ええ。あまりにも粗末な衣で行けば、娼妓《しょうぎ》に笑われますよ。長旅でしたし、宿を取って躰《からだ》の汚れも落としていかなくては」

「うん！」

妓院《ぎいん》というのは色を売り物にする店のことで、妓館《ぎかん》とか娼館《しょうかん》と言われることもある。

最高級の遊び場は『閭《りょ》』、次が『楼《ろう》』、それよりもずっと質が落ちる店は『家《や》』と呼ばれ、妓院の名前を見れば、一目で店の格がわかるのだと聞いた。

明正は東昇閭という妓院は、美しく気品のある娼妓揃《ぞろ》いだと聞き込んできた。彼の調べならばまず間違いがないだろう。

ここに来ることに反対していた明正に、結局はいつものように何から何まで世話になってしまい、灯璃は密《ひそ》かに申し訳ないと思っていた。

自分が成人したら、頑張って働いて、明正には楽をさせてあげよう。いつか恩返しをするのが灯璃の夢だった。

「桃華郷って、そんなに広くはないんだね。うちの邑よりも狭いくらいだ」

あたりを物珍しげに見回しながら、灯璃は呟く。

山麓を切り開いたせいか、廓の奥は藪《やぶ》になっており、それもどこか風情があるように思う。

「妓院は申請制で、数は数十と聞いております。ほかの店は宿屋や飲食店、商店ですよ。娼妓を買わずとも、物見遊山《ものみゆさん》のつもりで遊びに来る者はおりますから」

「そうなんだ……」

明正は町外れにある宿屋を選ぶと、「ごめんください」と声をかける。

「へい、いらっしゃいまし」

宿の主人は髪に白いものが混じり始めた初老の男で、揉《も》み手をしながら明正に近づいてきた。明正の物腰から、上客と踏んだらしい。

「本日の部屋を借りたいのですが」

「今、お着きですか？　今日は妓院でのお泊まりではないんで？」

旅装を目にして、主人は灯璃たちがここに来たばかりと考えたのだろう。

「一人、泊まります。風呂の支度はできますか？」

明正は生真面目《きまじめ》な返答をした。

「できております。ええ、ええ、娼妓の許《もと》へ向かうなら、こざっぱりしていきませんと。何なら香油や新しい衫《さん》の類《たぐい》もございますよ」

「そのあたりは間に合っています」

料金の交渉をしてから、明正は一人部屋を取った。

桃華郷に至るまでの道中、宿は風呂などないところが大半で、どうしても躰を流したいときは水浴びをするのが関の山だった。しかし、さすがにこういう場所の宿は気が利いている。狭いながらも朦々《もうもう》と湯気の立つ風呂が用意されており、灯璃は久しぶりにゆっくりと躰を洗い流すことができた。

邑を出てから、既にかなりの日数が経《た》つ。

これまでは旅をするといっても、せいぜい隣町に住む親戚の家へ行くくらいのものだった。

だから桃華郷に無事到着し、大冒険を成し遂げたようで誇らしかったものの、この郷に辿り着くことが目的ではないのだ。

まだまだ、その先が残っている。

丹念に躰を磨き上げた灯璃は、着替えを済ませ、銅鏡に映った自分を睨みつける。

大きな瞳に、桜色の唇。女性にもてそうな顔立ちとはほど遠いことが、自分でも情けなかった。

「すみません、お茶をいただけますか」

宿の一階は食堂になっており、先ほどの主人が退屈そうに卓に体重を預けている。

清潔な衣に着替えた灯璃が声をかけると、「はーい、ただいま」と奥から明るい返答があった。食堂は木製の卓が幾つか並べられていたが人気《ひとけ》はなく、本格的な営業はまだのようだ。

「お客さんも一人残されるんじゃ、退屈でしょうに。遊技場にでも案内しましょうか？」

「え？」

茶を運んできた主人に問われ、きょとんとした灯璃は小首を傾げる。

「お連れさんがこれから出かけるんだったら、留守番は暇でしょう」

「そうじゃない。用事があるのは俺のほうだ」

「あんたの……？」

主人は一旦《いったん》目を見開いてから、盛大に笑いだした。

「ああ、すまんことです。あまりにも驚いたものだから……つい」

「俺が娼妓を買うことが、そんなにおかしいのか？」

灯璃がむっとしてそう聞き返すと、主人はますます肩を震わせる。

「いえいえ、いいんです。少々お待ちください」

「なんだあれは……失礼じゃないか」

唇をぷうっと尖らせた灯璃に、遅れてやってきた明正は優しく笑った。

「仕方ありませんよ、灯璃様はお母様似ですから。もう少し年頃になったら、きっと亡くなったお父上のように逞《たくま》しくなります」

「もちろん、そのつもりだけど」

逞しくて優しかった父とは、瞳の色がそっくりだと言われている。自分にだって父に似ている部分はあるし、いつか父のように立派な男性になるつもりだった。

「どうぞ、これはおまけです。景気づけに」

店の主人が粉を捏《こ》ねて作った団子を振る舞ってくれたので、灯璃はたちまち機嫌を直してそれを頬張った。そういうところが子供だと言われるのに、灯璃は気づいていなかった。

「綺麗な街だけど、何だかあまり人気がないね」

「もう少ししたら、どっと増えますよ。皆、宿で休んでいるんでしょう」

「ふうん……」

のんびりと茶菓子を摘《つま》んでいるうちに夕刻になり、明正の言うとおりに外が賑やかになってくる。窓から外を窺《うかが》うと人通りも増え、向かいの茶店も混雑し始めていた。

「では、灯璃様。私は先に東昇閣に向かい、話をつけて参ります」

「話を？」

きょとんとした灯璃が小首を傾げると、明正は真面目くさった顔で頷いた。

「ええ。事情のわかる者に相手をしてもらうのが一番よいでしょうし……あちらも準備があるはずです。面倒がないように、話をしておくのが一番です」

「うん……」

明正の説明に完全に納得したわけではないが、ここで下手《へた》に逆らうわけにはいかない。

それに、灯璃はこの桃華郷においては素人なのだから、仕事とはいえ何度も通ったことがあるという明正にすべてを任せるのは、自然の成り行きに思えた。

「わかった。よろしく頼むよ、明正」

「はい、灯璃様」

明正はにこやかに笑った。

明正が外に出たのを確認し、灯璃は「ご馳走様《ちそうさま》！」と主人に声をかけて、宿から走り出した。

幸い、明正のすらりとした後ろ姿はすぐに見つかった。

急いで後を追うと、彼は通りから少し離れた場所にある門を抜けていく。

小高い丘の手前には、質素だが格調高い黒漆《こくしつ》の門があり、『東昇閣』と雄渾《ゆうこん》な書体で記された額が掛けられている。

丘を登り切ってもあたりに門番らしい人影がなく、松明《たいまつ》も灯《とも》されていない。まだ店の営業は始まっていないのだろう。

小径《こみち》の周囲は竹林で、いい香りがすると思っているうちに、一際風雅な楼閣《ろうかく》が姿を現した。

高さは数十丈、広さは数十間《けん》というところか。

どのみち正面突破は無理だし、楼閣の周囲からこっそり中を覗き見るほかない。そう考えて近づいた灯璃は、唐突に、あたりが馨《かぐわ》しい理由を悟った。

高楼の欄干に、高級な香木が惜しげもなく使われているのだ。

灯璃の家も金持ちではあるが、所詮《しょせん》は田舎者なのだとつくづく思い知らされる。

この建物を造った人物は、贅《ぜい》の凝《こ》らし方が半端《はんぱ》ではない。何よりも、欄干に香木を使うとは常人には考えつかないはずだ。この香りを維持する費用も馬鹿にはならないだろう。

「すごいなあ……」

感動しつつ楼の周囲を一周しようとした灯璃は、半ばまで歩いたところで二階の窓が開くのに気づき、慌てて手近な茂みに飛び込んだ。

かちゃりと音がして、鎧戸《よろいど》から一人の青年が顔を出した。

青年は小さく伸びをし、新鮮な空気を胸いっぱいに吸い込んでいる。

――綺麗……。

とくん。

己《おのれ》の心臓が一際大きく震えたのに気づき、灯璃は目を瞠る。

繊細な美貌を持ち合わせた青年は、遠目にもわかるほど麗しい容姿をしていた。尤《もっと》も、美しいといっても女性的なところは欠片《かけら》もなく、あくまで男性特有の優美さを備えている。

神仙の理想とする『美』という言葉が像となって結実したのだと言われても、灯璃はきっと納得したことだろう。それほどまでに完璧《かんぺき》な麗容だった。

触ってみたい。

本当にあの人に体温があるのか。髪はどんな感触で、唇からどんな声を紡ぐのだろう。

唐突に、これまでに感じたことのない衝動に襲われ、灯璃は驚きに唇を嚙《か》み締めた。

この気持ちは、一体何なのだろう？

「ん」

灯璃の熱い視線に気づいたのか、青年が訝《いぶか》しげにこちらを見下ろす。

暗がりの中で目が合いそうになり、茂みに潜んでいた灯璃は全身を強張《こわば》らせた。

「おい。そこに誰かいるのか」

思っていた以上に艶《つや》のある声音に促され、ともすれば答えてしまいそうになる。しかし、そんなことをしては不法侵入が知れてしまうと、灯璃はどきどきしながら躰を縮こまらせた。

「──猫か？」

「にゃ、にゃー……」

咄嗟《とっさ》に、灯璃は猫の鳴き真似《まね》をする。

「いや、犬かな」

「わんわんっ」

「違うな……狸《たぬき》だろう、あの大きさは」

狸……狸って鳴くのだろうか？

灯璃が頭を抱えているうちに、青年が「おいたもほどほどにしておけ」と笑いを含んだ声で告げる。

すっかり、見透かされているようだ。

忍び込んだことを怒られると思った灯璃は更に身を竦ませるが、意外なことに、青年は咎《とが》め立てをするつもりはなかったようだ。彼は再び戸を閉めて室内に引っ込んでしまい、もう出てこようとしなかった。

ほっと胸を撫で下ろした灯璃は、用心深く先ほどの楼閣に近づく。

「……ん？」

そういえば、どうしてこの妓院に男性がいるのだろうか。

下働きにしては顔立ちも綺麗だったし、身のこなしも優雅なものだった。

ちらとそんな疑問が脳裏を掠《かす》めたものの、建物の中から聞こえてくる華やかな笑い声に気を取られ、疑念はあっという間に消え失《う》せてしまう。

笑い声に惹かれて歩きだした灯璃は、入り口にほど近い部屋の窓から、やわらかな光がぼうっと漏れているのに気づいた。

おそるおそる窓に近寄ると、複雑な模様を組み合わせた透かし彫りの窓枠の向こうに、明正の後ろ姿がある。

外観のみならず調度品も豪奢《ごうしゃ》なようで、明正の座った椅子《いす》の背には象眼《ぞうがん》が施されていた。

そろそろ陽《ひ》が落ちる時間帯で、どこからともなく楽しげな楽の音が聞こえ始めた。

「……というわけで、灯璃様は学業は素晴らしい成績を収めておられるのですが、人情の機《き》微《び》にいまひとつ疎いのです」

明正が灯璃の人となりを説明する声が、耳に届く。

「なるほど、それは困ったことだな」

「婚約者の梅花様とも上手《うま》くやれなくては、関家の存亡に関《かか》わります」

「確かに、房術《ぼうじゅつ》も知らねば女性を満足させることもできまい。それで、その灯璃とやらの所望《しょもう》は？」

明正の相手は背が低いようで、窓枠に邪魔されて姿はまったく見えなかった。声を聞く分にもどうやら年若いらしいが、口調がやけに年寄りじみているのが不可思議だった。

「灯璃様には、美しく気品もあり、教養も技巧も人一倍優れた相手を」

「我が東昇閣の娼妓たちは、皆優れておる。何しろ、桃華郷一と言われるからのう」

ころころと声を立てて笑いながら、相手はおかしげに言う。

「それに、折角《せっかく》だからそなたよりも本人に相方を選ばせたほうがよかろう。ちょうどそこにいるようだし、の」

「え？」と息を呑《の》んだ明正が一拍《いっぱく》置いて振り返った瞬間、思い切り目が合ってしまう。

「と、灯璃様！」

作法も忘れて唐突に立ち上がった明正が、表情を強張らせた。

「ごめん、明正」

「申し訳ありません、四海《しかい》様！　このお方が私の主《あるじ》でございます」

再び室内に向き直った明正は、会話の主に対して頻《しき》りに頭を下げる。

「この店は娼妓の年齢は問わぬが、遊び方のわからぬ子供は客にしない決まりでな。成人かどうかで線引きをしておるが、その若さで東昇閣の客人を目指すとは、なかなか筋が良いではないか。気に入ったぞ。——だが、盗み聞きというのはよくないな」

「宿に戻りまして、よくよく言って聞かせます」

明正が平謝りに謝っており、灯璃は「明正は悪くない」と声を張り上げた。

「悪いのは俺です！　明正のせいじゃないです。本当にすみません」

「ふむ……ともあれ、そんなところにおらずに中に入るがいい。――誰か案内してやれ」

主人がぽんと手を打つと、すぐに外を回って涼やかな顔立ちの少年が灯璃の許へ現れた。

「ようこそ東昇閻へいらっしゃいました」

優雅な仕種《しぐさ》で一礼し、少年は「こちらへどうぞ」と入り口の方角を右手で指し示す。

やわらかそうな薄青の衫を身につけた少年は、歳《とし》の頃は灯璃より二つ三つ上だろうか。

爪《つめ》の先まで綺麗に手入れされているのが一目でわかり、服装も灯璃が着ているものとはまったく違い、洗練されたものを身につけていた。

「ここってどういうお店なの？」

灯璃がこそっと尋ねると、怪訝《けげん》そうに少年は振り返る。

「東昇閻を知らずにいらしたのですか？」

「うん、名前だけしか……」

「ここは、桃華の郷の中でも特に素晴らしい店と謳《うた》われております。四海様が直々《じきじき》に選ばれた者しか、雇われません。私はまだ下働きなのですが」

心なし胸を張りながら、少年は取っ手の銅環《どうわ》を摑んで扉を開けた。

「どうぞ、こちらへ」

「ありがとう」

東昇閭の中に足を踏み入れた灯璃は、邸内の絢爛《けんらん》豪華な様に言葉を失った。

妓院や娼館はもっと猥雑《わいざつ》でけばけばしく垢《あか》抜けないものだろうと勝手に思っていたのだが、東昇閭は内装も風雅の一言に尽きた。

柱は神獣の意匠の彫刻で、扉や欄間には丹念な透かし彫りが施されている。扉の取っ手は金細工で玉《ぎょく》や翡翠《ひすい》が塡《は》め込まれており、それ自体がまるで芸術品のようだ。目立たぬように置かれた香炉《こうろ》からは、押しつけがましくない程度に甘い香りが漂っていた。

「素晴らしい楼閣でしょう？　これは四海様の趣味で造られたのです」

「さっきも出てきたけど、四海様って誰？」

「四海様はこの閭《りょ》を経営する仙です」

桃華山は仙人の根城《ねじろ》で、この遊廓も元は神仙がつくったもの。それはわかるが、仙人が閭を経営するのも意外で、扉の前に立った灯璃の小さな胸には緊張が押し寄せてくる。

仙人は不思議な術を使えると聞くし、勝手に敷地に入り込んだことを怒られるのではないだろうか。罰されて、本物の狸にされてしまったらどうしよう。

もしや先ほどの美しい青年こそ、四海とやらではないだろうか。

あれほどの美貌の主が仙人だと言われても、何ら不思議はなかった。

少年は、「どうぞ」と手前の戸を開けて灯璃に入室を促した。

おそるおそる足を踏み入れた灯璃は、室内の鮮やかな装飾品に驚き、目を見開く。

「わあ……」

室内にいるのは、灯璃を連れてきてくれた少年と、明正、そしてもう一人。

灯璃とそう大差ない背格好の子供が、部屋の中央で妙に偉そうに腕組みをしている。

真っ黒な髪を肩先で切りそろえ、耳には大きな翡翠の耳飾りが揺れている。

どこかやんちゃそうに見える瞳は、くるくるとよく動いた。

自分と同じくらいの年齢の客がいるということにほっとして、灯璃は胸を撫で下ろす。

「ねえ、君もこの遊廓に来たの？」

灯璃が少年に質問をした瞬間、明正がぎょっとしたように口をぱくぱくさせる。

「わしか？」

扇を手にした少年は、ちらりとまなざしを上げて灯璃を見やる。澄んだ声音は、まるで鈴が転がるようだった。

「うん、そう」

「失敬な。わしはこの閤の主の、四海という者じゃ」

「あ、主……!?」

灯璃は文字どおり、目を剝《む》いた。

どこからどう見ても、彼は灯璃と大差ない年齢の子供ではないか。

変なところがあるとすれば、その奇妙に年寄りじみた言葉遣いくらいのものだった。

「だって、俺と年齢もそう変わらないように……」

「ふふふ、甘いな、おぬし」

四海は嬉《うれ》しげに唇を綻《ほころ》ばせ、灯璃を上から下まで眺め回した。

「仙人の年齢が見たとおりであるわけがなかろう。こう見えてもわしは、この闇をもう百年は営んでおる」

「百年⁉」

またまた目を瞠った灯璃の反応がよほど面白かったらしい。

幼い風貌《ふうぼう》の仙人は、くっくっと喉《のど》を鳴らして笑った。

「本当ですよ、灯璃様」

明正が口を挟《はさ》む。

「私は四海様に何度もお目にかかっております。そのときからずっとこの生意気そうな子供のお姿です。嘘のわけがありません」

「おまえ、意外と失礼じゃな……」

明正の言い分を聞いてぼそっと呟いた四海は、威厳を持たせるように咳払いをした。

「まあ、本人がいるのならちょうどよい。とっくりと好みの相手を選ぶがいい」

「いいのですか？」

「空いている者ならば、無論誰でも構わぬぞ」

灯璃が頷いたのをしおに、仙人はぱんぱんと手を打つ。

すると、灯璃が入ってきたのと反対側の扉が微かに音を立てて開いた。

どこからともなく箏《そう》の音が聞こえ、しずしずと入ってきた十数名の青年が順に一列に並ぶ。

全員が等間隔に並ぶとそこで足を止め、彼らは一斉《いっせい》にこちらに向き直った。

小柄な者。明正のように中肉中背の者。がっしりとした筋肉質の者。

礼儀に則《のっと》って髪は皆長く、濃い色合いの衫を身につけている。

思い思いに髪飾りや装身具をつけているが、変わらないのは誰もが一様に見目麗しく、男性にしては華麗に着飾っているということだった。

誰もが婀娜《あだ》っぽく艶《なま》めいていて、仕種《しぐさ》の一つ一つがどことなく相手を誘っている。それは、男女の駆け引きを知らぬ灯璃にも直感的に解せる色香だった。

先ほどの美青年はいなかったが、美少年から美丈夫まで揃《そろ》えているのは理解できた。

……ん？

灯璃はぱちぱちと瞬《まばた》きをし、もう一度入ってきた者たちを眺め回した。

「どうしたのじゃ、灯璃」

「えーっと……気のせいかもしれないけど……みんな男の人に見えるんですが……」

口ごもりつつ灯璃が訴えると、少年の一人が肩を震わせる。

「それはそうじゃ。この東昇閣は見目麗しき美少年から美青年まで、美男ばかりを取り揃えた男のための閨なのだからな。もっと歳がいった中年が好みならば、手間賃はかかるが調達することも可能じゃ」

「………………」

灯璃は呆然《ぼうぜん》と目を見開く。

と、いうことは。

「じゃあ、じゃあ、俺の相手も男の人になるってこと⁉」

「なんだ、おまえ。知らなかったのか」

「どういうことなの、明正」

血相を変えて詰め寄る灯璃に、明正はしれっと答えた。

「結婚前にほかの女性とさんざん遊んだのでは、さすがに許婚《いいなずけ》の梅花様に嫌われてしまいます。それで、男性ならばいいと思って選んだまでですよ」

「だけど……」

初めてが男の人というのは倫理的にいかがなものかと、灯璃は考え込む。

でも、気になるのは道義的なことくらいで、相手が男性になるということに、抵抗があるわけではなかった。それどころか、さっきみたいに綺麗な人なら、大歓迎だ。ここが男性を斡旋《あっせん》する閨なら、あの人も男妓なのだろう。

一目見た瞬間に心臓が震えて、その振動が指まで伝うのではないかと思うほどに、麗しい魅力に満ちた人だった。

あの人に、触れてみたい。言葉を交わしてみたい。どんなふうに笑うのか、知りたい。

「臆《おく》さずに、誰がいいのか言ってみよ」

希代《きたい》の名花ともいうべき美形たちの麗しい容貌《ようぼう》を、灯璃は改めて見渡した。

だが、あのとき盗み見した青年ほどに灯璃を惹《ひ》きつける者はいはしない。

「そなたの祖父――関の大旦那は、この頃はお見限りだが、綺麗な遊び方をなさる方で、この郷の者も世話になったからのう。誰でもいいのじゃぞ」

「でも……」

「この東昇閭が不服ならば、ほかの店を紹介するが」

四海に言われて、灯璃はぶんぶんと首を振った。それに合わせて、結んだ髪が揺れる。

「違うんです！　不服なんてありません！」

「では、誰がいい？」

「ここには、いません」

不審げに四海は眉《まゆ》を顰《ひそ》めた。

「うちの男妓でおぬしに会わせることができるのは、ここにいる連中だけだ」

「そんなはず、ないです！」

感情の昂《たかぶ》りとともに、声が上擦《うわず》ってしまう。

「わしが嘘をついていると？」

「そうは思いませんが、もしかして、上に閉じ込めてるんですか？　すごく、すごく綺麗で……こう、お人形とか彫刻みたいな人」

自分の語彙《ごい》が貧困なことを、今日ほど呪《のろ》わしく思ったことはない。

「さっき二階にいるのを見たけど、この世のものと思えない美貌の持ち主で……」

「ということは……聚星《しゅうせい》か」

四海は眉間《みけん》に皺《しわ》を刻み、困ったように頷いた。

あの美しい人は、聚星という名前なのか。

「あれは特別な男妓でな。おぬしに会わせるわけにはゆかぬ」

「どうして？　俺はその聚星って人がいいです。あの人と話をしてみたいんです」

真剣な表情になった四海はすうっと猫のように目を細め、灯璃の双眸《そうぼう》を覗き込む。

「…………惚れたな、おぬし」

「えっ」

惚れたなんて……そんな馬鹿な。

思わぬことを指摘され、どきどきした灯璃は狼狽《ろうばい》に答えることも能《あた》わなかった。

「まあ、よい。そこまで言うのならば、仕方あるまい。聚星のことは聚星自身が決めるのが道理。如水《じょすい》、あいつを呼んでまいれ」

「かしこまりました」

先ほど灯璃を連れてきた見習いの少年が、一礼をして扉から出る。

「――灯璃様。どうして待っていられなかったんです？　話がややこしくなったでしょう」

小声で明正に怒られて、灯璃は肩を竦める。

「だって……待ってるの、退屈だったんだもん」

灯璃の答えに、明正は額《ひたい》に手を当てて項垂《うなだ》れる。それでも彼が何かを言おうとしたそのとき、扉が再び開いた。

緊張にごくりと息を呑んだ灯璃の前に、ややあって、先ほどの美青年が姿を現す。

やっぱり、綺麗だ……。

衣装を着替え、支度をしたのだろう。

栗色の長い髪を結い上げ、黒に近い色合いの衫を身に纏《まと》う。帯と裾《すそ》に赤を利かせた衣装が、彼の美しさを引き立てていた。裾も袖もゆったりと長く、布地をふんだんに使っている。煌《きら》びやかな髪飾りと繊細な耳飾りが、彼が歩くたびにしゃらんと揺れる。

「お呼びですか、四海様」

先刻とは打って変わって、聚星は丁寧な口調で問う。

「おお、聚星。そなたを相方に希望する者がいてな」

「私を？」

微かに眉を顰めた聚星は灯璃を見やり、「先ほどの子狸か」と呟いた。

初めて正面から見つめた聚星の美貌は、先刻よりもずっと艶《つや》やかに思えた。

「私は一見《いちげん》の客と子供を相手にしないというのは、四海様もご存じのはず」

「だが、この子は関家の大旦那のお孫さんでな」

「大旦那様の？」

聚星は微かに興味を示したようだったが、そこまでだった。彼は灯璃に一瞥《いちべつ》もくれることなく、きっぱりと「嫌です」と言い切った。

「……だそうだ、灯璃」

「でも、俺は聚星じゃなきゃ嫌です」

灯璃が先ほど聞いたばかりの名を繰り返すと、聚星は気安く呼ぶなと言いたげな顔になった。

「だから、聚星は特別なのじゃ」

四海は困ったとでも言いたげな表情で、鳥の羽根を貼《は》り合わせてできた扇で風を送る。

「特別……？」

「聚星は客を選ぶ権利を持つ、うちの店では一番人気の特別な男妓だ。ほかの者にしてくれぬか、灯璃。この世のものとは思えぬ桃源郷を見せてやるぞ」

「でも、俺は聚星がいいです。誰を選んでもいいってさっきおっしゃったでしょう？」

「……やれやれ。難儀《なんぎ》なことじゃ。ならば、聚星の意見を聞こう。おまえはどうする？」

「どうもこうもありません、四海様」

立ち上がり、薄い唇を開いた聚星の凜《りん》とした声音が、灯璃の鼓膜《こまく》をくすぐる。

綺麗な人というのは、声もこんなに玲瓏《れいろう》としたものなんだ、と灯璃は感動すら覚えた。

「私は決まりを破るような客を取るつもりは、一切ありません。東昇閤の聚星は子供を客にしない。大人でも、熟客《じゅっかく》の紹介があった者か、店の馴染みしか相方にしない。それが決まりです」

「だけど！」

ひどい我《わ》が儘《まま》を言っている自覚はあるが、それでも止まらなかった。

立ち上がった灯璃に、背筋を伸ばした聚星が冷たい一瞥をくれた。

「どこの世界にも決まりがございます。それを守れるような年齢になったら、いらしていただきましょうか……お嬢ちゃん」

最後だけがらりと変えた聚星の凄《すご》みのある口調に、灯璃は内心で震え上がったが、果敢《かかん》にも食ってかかった。

「俺はお嬢ちゃんじゃない！　俺には灯璃って名前が……」

言葉がそこで途切れたのは、不意に聚星が灯璃の頰に触れたせいだった。

「いけない子だ」

聚星がすうっと耳の付け根から顎《あご》にかけて指を滑らせたせいで、その不可思議な感触にぞくぞくと背筋に震えが走る。

膝が震えて、立っていられなくなる気がした。

「俺が欲しいって？」

彼の唇が動き、至近距離で囁《ささや》きが注ぎ込まれる。

嘘。

あたたかな吐息が、首筋に触れる。

動けない……。

「おまえのほうこそ買われるのが似合ってる。瞳と髪は黒檀《こくたん》のようだし、唇は桜、頰は薔薇色。どこぞの絵にでも出てきそうだ」

「やっ……」

吐息の一つ一つが鼓膜や頰に触れるごとに、かあっと全身が火照《ほて》って、汗が滲むようだ。

「こんなに可愛いくせに遊廓なんぞに来て、頭から喰《く》われるのが関の山だ」

聚星が間近で囁くたびに、心臓が反応してしまう。

「――俺にそちらの趣味がなくて残念だったな、灯璃」

耳打ちをした聚星は、顔を離してから灯璃のやわらかい頰を突《つつ》いた。

「可愛いって言うな！　それに、俺は客なのに……」

「客になる資格ができてから来い。ただ権利ばかりを主張する子供ほど、始末に負えない者はいないぞ」

あっさりと言い切られて、灯璃は唇を尖らせる。

「大体、どうして子供のくせに遊廓になんぞ来た？」

「子供じゃない！」

灯璃はなおも食ってかかったが、聚星はこちらを見下ろして鼻で笑うだけだった。

「背だってこんなに小さくて、おまえなんぞまだまだ子供だろうが」

聚星の胸までしか身長がないことを指摘され、灯璃はうなじまで赤く染める。

「俺は、一人前の男になりたいんだ！」

灯璃は力一杯、己の両手を握り締め、真剣な面持《おもも》ちで訴えた。

「あんたに初めての相手になってもらって、一人前になるんだから！」

声を上げる灯璃に、明正が窘《たしな》めるような声を差し挟む。

「我《わ》が儘《まま》をおっしゃらないでください、灯璃様」

「だって……」

初めて顔を見た瞬間、心臓を鷲摑《わしづか》みされたような気がした。

ぎゅうって胸が痛くなって、鼓動が跳ね上がった。

あの人でなければ、嫌だ。そう思ってしまったのだ。

「お引き取りを」

聚星が駄目押しのように、冷えきった口調で告げた。

2

「灯璃《とうり》様は、どうしてそんなに、あの聚星《しゅうせい》という者が気に入ったんです？」

明正《めいしょう》の問いは、簡潔だが核心を突いたものだった。

「どうしてって……綺麗なんだもの」

宿屋の質素な寝台に腰かけた灯璃は、明正に髪を解いてもらいながら、しょんぼりと両脚を抱える。

星を聚《あつ》めるという名のとおりに、きらきらとしていて、身のこなしまで麗しい人だった。

結局、灯璃は東昇閭《とうしょうりょ》では自分の相方を決めることができず、すごすごと店を立ち去る羽目になった。といっても、一度聚星の美貌を見てしまえば、ほかの店に行く気持ちになどなれない。

四海《しかい》にはさんざん「惚れたのだろう」と言われたけれど、よくわからなかった。

大体、理屈とか理由とか、そんなよけいなものは、何一ついらない気がする。だって、自分が聚星にもう一度会いたいと強く願っているのは、ただの事実でしかないのだから。

「暫《しばら》くこちらに逗留《とうりゅう》しますが、明日は別の店を探しますよ」

「……ん」

灯璃は生返事をしながら、ちらりと明正の様子を窺《うかが》う。

宿は手狭だったが、文句を言うつもりはなかった。人々が多く集まるだけに、桃華郷《とうかきょう》は物価が少々高いようだ。二人部屋に替えてもらうときに明正が宿主に前渡しした金子《きんす》の額に、灯璃は驚いたほどだ。

今夜は二人部屋に変更してほしいと告げたときの宿主の、「さもありなん」という反応は、今思い出しても少々腹立たしい。

おそらく、灯璃には娼妓《しょうぎ》など買えぬと高をくくっていたのだろう。

宿主の予想どおりになったのが口惜しいが、四海に聚星はだめだと言われたことに意気消沈し、彼に食ってかかる元気もなかった。

「あの厳信《げんしん》とやらに、もう少し話を聞いておくべきでした。灯璃様は、女性よりも男性がよろしいのですね？」

自分で東昇閣を選んだくせに、淡々とした物言いが妙に憎らしい。

「だから、俺は聚星じゃなきゃ嫌なんだってば」

拗《す》ねた口ぶりになった灯璃は、薄い掛け布団の中に潜り込む。

「灯璃様。聚星はただの男妓《だんぎ》とは違うんです」

灯璃の寝台に腰を掛けた明正の窘《たしな》めるような口調に、布団を被《かぶ》っていた灯璃は内心で小首を傾げた。

「違うって……？」

顔も出さずにくぐもった声で問うと、明正は穏やかに続ける。

「そのあたりで適当に買えるような者とは違い、いろいろしきたりがあるんですよ」

「しきたりって、どういうの？」

灯璃は布団から漸《ようや》く顔を出し、先を急《せ》かした。

「男女を問わず、閭《りょ》においては、最高級の私妓《しぎ》の場合は、初対面で即寝るというのは野暮《やぼ》なんです」

「そうなの？」

知らなかったと、灯璃は目を瞠った。

「灯璃様だって、梅花《ばいか》様とは幼いうちに引き合わされたでしょう。いきなり嫁ぐのは上手くいかないかもしれない、と」

「うん」

「それと同じことです。聚星は客人と話をし、親しくなり、それから初めて娼妓としての本質を披露する。ただし、その客も自分に釣り合う人物を選ぶ。誰彼かまわず相手にしては、一流の娼妓の名に傷がつきますからね。だから、一見の客は人気のある娼妓の相方になれないし、会う資格もないんですよ」

明正はわざと遠回しに伝えたが、娼妓としての本質が何であるかは灯璃にだってわかる。

夜、一緒の寝台で眠りに就くことだった。

「じゃあ、話だけなら、お金は払わなくていいの？」

「いいえ。どんなときでも、同じ料金を払わなくてはなりません。あなたは聚星の、貴重な時間を買うわけですから」

灯璃は目を丸くした。

聚星の――あの綺麗な人の時間を、買う。自分が。

「この郷においては、どんなに短い時間であっても、対価を支払うのは当然です」

「な、なんで？」

「他人だからです。彼ら私妓は友人でも家族でもなく、所詮は他人。その契約のもとで、私たちとつき合うのですから」

つきんと小さな棘《とげ》が心臓に突き刺さった気がして、灯璃はそのあたりを服の上からぎゅっと押さえた。

――他人。

わかってはいたが、他人というくくりに灯璃は衝撃を覚えた。

他人だから、聚星は灯璃の相手をしてくれなかったのか。

自分が、子供だから。時間をかけて親しくなりたいと思える相手では、ないから。

「それがわかったら、明日は別の店に行きましょう」

「その冊子に、どこかいい店が載ってる？」

明正の膝に置かれた冊子を指さすと、彼はこくりと頷いた。

「ええ、番付になっています。今日行った東昇閤が最高級ですから、ここはだめで……また違う店を探しますよ」

「うん……ありがとう、明正」

「いいんですよ。私にとっても関一族は大切ですから」

明正が言うのを聞きながら、灯璃は「もう寝るね」と目を閉じた。

「おやすみなさい、灯璃様」

目を瞑《つぶ》った灯璃が寝たふりをすると、明正はそれに騙《だま》されたらしく、ふっと蠟燭《ろうそく》の炎を吹き消した。

「馬鹿な人だ……」

小さく呟いた彼は、灯璃の髪を撫でる。

明正が自分を馬鹿だと言うのは初耳で、灯璃は驚きを覚えた。しかし、ここで起き上がって問い質《ただ》しては、寝ているふりだったと気づかれてしまう。

立ち上がった明正が自分の寝台に潜り込む気配がし、やがて、彼の唇から安らかな吐息が漏れてくる。

灯璃自身も疲れてはいたものの、思っていたよりも躰はずっと軽かった。

明正を起こさぬよう、慎重に寝台から降りた灯璃は、てきぱきと服を着替え始める。

東昇閻を訪れるときは、礼を失さぬようにと儀礼的な丈の長い服を着ていたが、宿を抜け出すにあたっては動きやすい服のほうがいい。

簡素な上着と短袴《たんこ》を身につけ、灯璃は夜の闇《やみ》に向けて走り出した。


夜も遅くなってきたせいか、外は人影があまり多くなかった。

桃華郷において一番人通りが多いのは陽が落ちてすぐの時間帯で、そのあとは、皆は建物の中に引きこもってしまうらしい。

先ほど東昇閻から宿への帰りには悠揚《ゆうよう》たる楽の音や、人々の笑い声がどこからともなく聞こえたものだが、今は、時折犬猫が鳴く声くらいしか耳に届かなかった。

薄着をしてきたせいか、どこか肌寒く、灯璃は何度かくしゃみをしてしまう。

東昇閻は、こうして真夜中に見るとまた違った趣《おもむき》がある。門を開けて入ると、小高い丘の上に黒々とした建物が聳《そび》え立つ。馨しい匂いは夕方よりもずっと濃く、そしてあえかに艶めかしい声が聞こえてくる気がした。

「えーっと……」

聚星の部屋は、二階のあの窓のところになるのだろうか。

考え込んだ灯璃が建物の裏に回り込もうとしたそのとき、背後で人の気配がした。

「灯璃様」

不意に声をかけられ、灯璃はびくっと身を竦ませる。見れば、建物の陰には先ほど灯璃を中に招き入れた見習いの少年――如水《じょすい》が立っていた。

「ど、どうして……」

「四海様がお待ちです。さあ、こちらへ」

やはり仙人が相手では、何もかもお見通しということか。

灯璃は暗澹《あんたん》たる思いを抱きつつ、少年の後へついていった。

四海は椅子に腰かけ、灯璃をじろりと睨《ね》めつける。

「おぬし、頭は悪くないと聞いていたが……随分予想どおりのことをする。いささか拍子抜けだぞ」

「――すみません」

一応は謝っておいたほうがいいだろうと、灯璃はぺこんと頭を下げる。

「でも……俺……」

「よいよい。弁明はいらぬ。聚星に会いたいのはわかるが、おまえは子供すぎる」

自分と大して年齢の変わらぬように見える相手に諭されるのも嫌だったが、この場合は仕方ない。

何しろ、四海は仙人なのだから。

「もう子供じゃありません！　勉強は頑張ってるし、躰は小さいけど、身長はちゃんと伸びてるし……」

「自信を持つのは結構。だが、その程度では聚星も首を縦に振らぬだろう。あれは、自分の決めた規律は守る、筋を通す男だ」

背筋をしゃんと伸ばした聚星の姿を考えると、彼が厳しいところを持つというのは容易に理解できた。

「一見の客という点は目を瞑ってやれても、そこまでじゃ。聚星は子供の相手は絶対にしないと決めておる。あの男が決めたからには、それが揺らぐことはない」

「子供子供って言わないでもらえませんか！」

故郷でさんざん子供だと言われ続けてきたことで溜まっていた鬱屈《うっくつ》が、堰《せき》を切って溢《あふ》れ出しそうになる。

子供だから、何もできないと言われるのが嫌だ。

責任を取れないとか、自分のこともできないくせにとか、そういうことを言われるのは御免だった。

背伸びをしてでもいいから、早く大人になりたい。灯璃自身だって、馬鹿みたいだと思えるほどに焦っているのに。

「まだ何も試してないのに、そうやって頭ごなしに、俺はだめだなんて決めつけないでください！」

「要は聚星に相応《ふさわ》しい大人になれる、と言いたいのか？」

「今すぐに立派な大人になれるとは言い切れないけど、できる限り努力します」

「ふむ……」

暫く四海は灯璃を眺め回していたが、そこで頷いた。

「だったら、一つ試練を与えよう」

「試練？」

意外な言葉に、灯璃はきょとんとした。逢瀬《おうせ》と引き替えに大金を吹っかけられるとばかり考えていたので、一瞬、何を言われたのかわからなかった。

「そうじゃ。この郷の裏門を抜けて暫く行くと、天帝を祀《まつ》る廟《びょう》がある。それは知っているか？」

「いいえ」

灯璃は素直に首を振った。

「明日の昼間にでも、場所を確かめるといい。試練は明日の夜からじゃ」

「その廟がどうしたのですか？」

「毎晩、その廟にわしが札を一枚置く。それを七枚取ってきたら、聚星に会わせてやろう。そのうえで、おまえ自身が聚星を説得するがいい」

「夜に？」

眉を顰めた灯璃を見て、四海はにやりと笑った。

「うむ。郷から一歩でも外に出ると、殊に夜は危険だぞ。何しろ魑《ち》魅《み》魍魎《もうりょう》の百鬼《ひゃっき》夜行《やぎょう》だからのう」

神仙が住む桃華山の麓は、ただ穏やかなだけの桃源郷ではない。夜な夜な妖獣《ようじゅう》や妖魔《ようま》の類《たぐい》が跋扈《ばっこ》すると言われ、桃華郷が平穏なのは仙人の力で守られているおかげだ。

「もちろん、昼間行くのはなしだ。わしが札を置きに行くのは日没だし、夜明けには札がなくなっているかどうか確かめに行くぞ」

「う……」

昼間に行けばいいじゃないかという考えを見透かされ、灯璃は微かに呻いた。

「なに、聚星に会えるなら一週間の苦行くらい容易《たやす》いものだろう？　あれに惚れ込んで、遠く奏《そう》からも客が来るくらいじゃ」

「…………」

「その程度の度胸もないなら、子供は家に帰るがいい」

子供に子供呼ばわりされることほど、腹立たしいことはない。

「――わかりました」

もし聚星が己の規則をねじ曲げて灯璃の相手をするというのならば、自分だってそれに相応しい代価を払わなくてはいけないはずだ。

危険なことだという、認識はある。

何か恐ろしいことがあっても、四海は助けてくれないだろう。

しかし、それでもいい。それでも構わない。

聚星と出会ってからというもの、これまで感じたことのない激しい感情に、灯璃は突き動かされている。

そんな自分が、怖い。

怖くてたまらなかった。


「本当に行かれるのですか、灯璃様」

表門とは打って変わって人通りの少ない、寂《さび》れた裏門の前に立ち、燭台《しょくだい》を手にした明正は深刻な顔で問う。

灯璃は丈の短い上着に短袴という、旅装とほとんど変わりのない動きやすい服装だった。

何か間違いがあって山火事にでもしてはいけないと、蠟燭《ろうそく》を持たず、月明かりだけを頼りに歩く約束になっている。

「仕方ないよ。行かないと聚星に会えないんだもの」

結局、こっそり宿を抜け出して四海と約束したことは、明正にすぐに知られてしまい、かなり絞られたものの、灯璃は己の意思を曲げなかった。

会うことさえ許してもらえれば、説得もできるかもしれない。灯璃はその可能性に賭《か》けていた。

「危険すぎます。灯璃様に何かあったら、私は奥様に顔向けできません。思いとどまっていただけませんか」

「だめだよ。頑張るって決めたんだ。それに、ついてこられたら、絶対に四海様に気づかれちゃう。それだけは許さないからね」

何しろ、相手は一筋縄ではいかぬ仙人なのだ。

ずるいことをしても、何もかもお見通しに決まっている。

明正の燭台の火がじりっと揺れたので、灯璃は慌てて上体で風を遮《さえぎ》った。

「怖くはないのですか？　あなたは人一倍怖がりだったくせに」

「怖がってるだけじゃ、大人になれないもん」

立派な大人になると約束して、邑《むら》を出てきたのだ。

そうしてやってきた桃華郷で、どうしても触れてみたい相手に出会ってしまった。

どんなたくさんの星を聚《あつ》めても敵《かな》わないくらいに、不思議な輝きを持つ相手に。

なのに、ろくに努力もしないうちに尻尾を巻いて帰るのは嫌だったし、かといって、「子供だから」という理由で目標に手が届かないというのも、ひどく悔しい。

「あなたは、そんなに……」

呟いた明正は、そこで言葉を切り、不意に話題を転じた。

「――わかりました。だったらもう、お止めしません」

「うん。すぐ戻ってくるから、ここで待っててくれる？」

「はい。くれぐれもお気をつけて」

門前に佇《たたず》んだ明正が、険しい顔で灯璃の背中を見送った。

曲がりくねった山道に入る前に一度だけ振り返り、灯璃は明正に向けて手を振る。

軽《かろ》やかな気持ちとは言い難く、恐怖という感情を意識すれば、足取りまで重くなりそうだ。

でも、折角四海がくれたきっかけを、このまま無駄にしたくはない。

桃華山《とうかざん》へ続く道は曲がりくねっており、暫く進むと木立が見えてきた。林に足を踏み入れると、背の高い木々が視界を邪魔し、先が見えないことが距離感を狂わせた。

ひたひたと自分の足音だけが、あたりに響く。

どこかで獣が遠吠《とおぼ》えする声が聞こえ、灯璃は身を震わせた。

――どうか、お化けなんて出てきませんように……。

森はまるで暗い湖のように静かだった。

月光と星明かりを頼りに歩くことは、臆病《おくびょう》な灯璃にとっては苦行でしかない。背後で鳥が羽ばたきするだけで竦み上がり、枯れ枝が地面に落ちるだけでぞっとする。

「うう－っ……」

ここがただの森ならばともかく、妖魔が跋扈《ばっこ》すると言われているだけに恐怖は募る。後ろを振り向いたら、妖魔が襲ってくるかもしれないのだ。

「ひゃあっ！」

木立からいきなり鳥の一団が飛び出し、灯璃は恐怖に頭を抱えた。

けれども、これも聚星に会うための試練だというのなら、我慢しなくてはいけない。

はじめは、許婚《いいなずけ》のために成長したくてこの郷に来たはずが、今はすっかり目的がすり替わってしまっている。それが我ながら、おかしかった。

灯璃には、幼い頃に定められた梅花という婚約者がいる。

梅花は伯父の長女にあたり、灯璃にとっては従妹《いとこ》だった。

我が儘《わがまま》で気の強い梅花は、灯璃のことが嫌いなのだ。

このあいだも、邑のお祭りに誘ったのに、「一緒に出かけたくないの」とにべもなく断られた。

一人でお祭りに行くのも嫌で、仕方なく梅花の妹を誘おうとしたら、灯璃は癇癪《かんしゃく》を起こした梅花に、晴れ着姿のまま水たまりに突き飛ばされたのだ。

——あんたにはそういう汚い格好のがいいのよ。可愛いからって自慢ばっかりして、灯璃なんて大嫌い。

さすがに面と向かって嫌いと言われたことは堪《こた》えたものの、くよくよしていても辛《つら》いだけだ。気を取り直した灯璃は、着替えて明正と祭りへ行き、楽しい一夜を過ごした。

最初から、梅花なんて誘わなければよかったんだ。そう考えつつもすっかり満足して家に帰った灯璃は、翌朝伯父に呼び出されたのだ。

何でも、梅花は祭りの夜は一晩泣き明かし、愛娘《まなむすめ》を溺愛《できあい》する伯父が何度理由を尋ねても、灯璃のせいだとしか答えなかったのだという。

灯璃が正直に経緯を答えると、「おまえは女心がわからぬ奴だ」とかえって叱《しか》られてしまった。梅花とは一事が万事こんな調子で、上手くいったためしがない。

かねてから明正に桃華郷のことを聞いていた灯璃が「女性の扱いを学ぶなら遊廓へ」と短《たん》絡的《らくてき》に結論を出すまで、そう時間はかからなかった。

だが、今となっては灯璃の目的は梅花のためというよりも、聚星にもう一度会うことになっていた。

どうして、なんだろう。

初めて会った人なのに、自分がこんなふうに執着し、必死になっている理由が……よく、わからない……。

自問を繰り返しつつ更に踏み込もうとした灯璃は、藪の向こうで何かががさがさと動いているのに気づいて凍りついた。

ぐるる……とうなり声が聞こえてくる。

——近い。

足が震えて逃げ出したい気分でいっぱいだったが、灯璃は必死で耐《た》え、口許をぐっと押さえた。

ばくばくと心臓が震え、手に汗が滲む。

額を冷たい汗がつうっと伝い落ちた。

怖い。怖い。怖い。

でも。

こんなに怖いのに、聚星の横顔を思い出した瞬間、ふわっと心が熱くなった。

今ならばどんな試練でも耐えられるような気がして、灯璃は歯を食いしばった。

まだ動かないほうがいいと、息を詰める。

と、茂みが揺れる音がし、何か大きなものが飛び出してきた。

「っ！」

微かに目に入ったのは、羊の躰をした人面の化け物だったが、幸いこちらに気づかなかったのか、それは振り返ることもなく灯璃の頭上を飛び越えていった。

再び、あたりに静寂と平穏が満ちる。

――助かった……。

灯璃はほっと胸を撫で下ろす。

しかも、一番恐れていた妖魔に出会ってしまうと、妙に肝《きも》が据わる。このまま何でも行けそうな気がしてきて、灯璃は更に道を進んだ。

やがて、不意にぽっかりと視界が開け、木立が途切れた。

天帝の廟はそこだけ光があたるように枝が払われているらしく、煌々《こうこう》と月明かりに照らされている。

四海の言っていた札は、すぐにわかった。

『灯璃天帝廟に参上す』と書いてあったからだ。

「よかったあ……」

ほっとした灯璃は札を手に取り、廟に向けて両の手を合わせる。

「天帝様、お守りくださってありがとうございました」

折角来たのだからと、怖いのを我慢して廟の周りに落ちていた枝を拾い、葉っぱを掻き分けて廟を綺麗にする。それから、今来た道を今度は誇らしい足取りで戻り始めた。

「よぉ、聚星」

椅子に腰かけて本を読んでいた聚星は、旧友の声に戸口ではなく、窓辺に視線を向ける。

案の定、緞帳《どんちょう》を乱暴に捲《めく》り上げ、勢いをつけて部屋に飛び込んできたのは、女衒《ぜげん》の厳信だった。

「厳信。用事があったら玄関から入れと言ったろう」

「おまえのところは面会にも七面倒な手続きが必要で、嫌なんだよ」

「おまえだったら、四海様も融通してくれる」

「せいぜい、二割引きが限度だな」

「……やれやれ」

聚星とは義兄弟の間柄になると誓った厳信は、こうして呼ばれもしないのにずかずかと部屋に足を運んでくるのが常だった。

四海も厳信は特別だと、不法侵入をされても別段目くじらを立てることはない。聚星と厳信はもともとは幼馴染《おさななじ》みだし、目当てが夜伽《よとぎ》ではないとわかっているせいだろう。

「用がなくちゃ、おまえに会いに来ちゃいけねえのかよ？」

「おまえは自分が売り飛ばした娼妓たちの行方を見に、いちいち楼を訪ねて回っているのか？」

「男を売り飛ばしたのは、今のところおまえ一人だ。それに、俺が売ったのはおまえが一番最初だよ。記念すべきお初の相手なんだから、気にかけて当然だろ」

「どういう理屈だ」

呆れ返った聚星に向けて、厳信は肩を竦めてみせる。

「要するに細かいことは気にするなって理屈さ。……ったく暑苦しいなあ」

彼は自分が入ってきた窓にかかっていた分厚い紫の緞帳を上げ、燻《くゆ》らせた香煙を外に流してしまう。

「このあいだ、とーっても可愛い男の子に、ご指名されたそうじゃねえか」

にやにやと楽しげに笑いながら、厳信は整えたばかりの寝台に腰かける。

――可愛い、男の子。

そう言われて思い出す相手は、一人しかいない。

「もう噂になっているのか」

「そりゃあな。年端《としは》もいかぬ子供も誑《たぶら》かすとは、さすがに聚星の色香は格別だと大評判だ」

どうだかな、と聚星は心中で苦笑する。

多少のことでも大袈裟《おおげさ》に喧伝《けんでん》されるのが、遊里《ゆうり》の掟のようなものだ。

そういう噂に関しては、四海も特に気に留めていないらしい。

兄弟で仙人になったという四海は、仙人の中でも特に変わり者の部類に入ると聞く。商売気はないが、人々が愉しめるように心を砕いてもてなすのだから、つくづく、神仙というのは不思議な生き物だ。

「近頃の子供は手に負えん。この郷でも、客の年齢制限をするほうがいいかもしれないな」

「やけに真面目な意見だな」

「俺は思ったことを言ったまでだ」

「はいはい」

先ほどから厳信が寝台をぐちゃぐちゃにするので、聚星は気が気ではなかった。

朝から一時間もかけて整えたのに、あれではやり直しだ。

東昇閣では、『僮《どう》』と呼ばれる娼妓見習いの小間使いが世話をしてくれるが、売れっ子の男妓であったとしても、必要最低限のことは自分でやらねばならない。四海が、そういうことをしないと人間とは驕《おご》るものだと信じているせいだった。

「折角だから、ぺろっと喰ってみたらどうだ。案外、子供も旨《うま》いかもしれんぞ」

「冗談はよせ。いくら楽ではもうすぐ成人でも、見た目があぁも幼いのは絶対に無理だ」

「堅物だな、おまえは」

「おまえがやわらかすぎるんだ」

聚星のぴしゃりとした言葉に、厳信は「そうかもしれぬ」と磊落《らいらく》に笑った。

「そういうところ俺は好きだけどな。あんまり惨《むご》い突っぱね方をして、傷つけるなよ」

「傷つけるも何も、この俺の部屋に忍び込もうとしたんだぞ」

「夜這《よば》いか！　可愛い顔して、そいつは度胸がある」

大笑《たいしょう》する厳信をちらりと見やり、聚星はむっとした表情になる。そして、ふと気づいて口を挟んだ。

「可愛い顔って……そういえば、知っている相手なのか？」

「灯璃だろ？　もちろん」

厳信はにやにやと笑った。

「桃華郷に来るとき、馬車で行き会ったんだよ。それにしても、いかにも世間知らずのお坊ちゃんって感じだったが、男を買うとは驚いたな。あのお目付役……もうちょいまともな感性の持ち主だと思ったんだが」

ぶつぶつと呟く厳信に、聚星は肩を竦めた。

「まともなお目付役だったら、お坊ちゃんごと連れ帰ってほしいものだな」

「可愛い子だし、いいじゃないか」

「よくない」

聚星は切れ長の瞳で厳信をきつく睨みつけた。

「で？　灯璃の夜這いは成功したのか？」

「まさか。俺よりも先に四海様が見つけて、お灸《きゅう》を据えた」

「へえ……そいつは気の毒に。灯璃はもうおまえには会えないってことか」

「いや、なぜだか、四海様が条件を出したんだ」

「条件？」

「大人も怖がる天帝廟に、七晩通えと言ったんだ。そうすれば俺に会わせると」

「げっ。七晩も、か？」

厳信は俄に気の毒そうな表情になり、干菓子《ひがし》を口に放り込みながら、「可哀想になあ」と呟いた。

「おまえでも嫌なのか、厳信」

「人間相手なら言葉も通じようが、妖魔相手ってのはなあ」

桃華山は恐ろしい魔物が跋扈しており、灯璃もさぞ怯えたはずだ。

可愛い顔をして、四海も厳しい真似をするものだ。

聚星にとって、約束を守るということと、信義を貫くということは何よりも大切だ。

それを破らせる以上は、灯璃にも相応の代価を支払えと求めているのだろう。

一人の人間の規律を破らせることが、どれほど重いかを知らしめるために。

「——どうせ郷里に逃げ帰るに決まってる。万が一、食い殺されでもしたら、四海様はどう責任をおとりになるつもりなのか……」

「勝手に七日も通うほうが悪いんだろうと言いかねんな」

「……だろうな」

聚星は苦い顔つきになって、何気なく外に目を向ける。

「今のところ、子供が妖獣に食い殺されたって騒ぎは起きていない。大丈夫ってことさ」

「嫌なことを言うじゃないか。あの子が不憫《ふびん》だから、俺に折れろって言いたいのか？」

「そうじゃない。ただ、そこまで本気にさせるなんておまえがすごいと思ったんだよ」

何だかんだと面倒見のいい厳信のことだから、馬車で行き会っただけとは思えない。会話を交わせばそれなりに情も生まれることだろう。

聚星も子供は嫌いではないし、恩ある人の孫である灯璃を可愛いとは感じている。

世間知らずの駄々っ子だが、あれほど一心に求められれば、誰だって嫌な気はしないだろう。明正とやらも、灯璃の常ならぬ執着に驚いているようだった。

しかし、だからといって灯璃に手を差し伸べることはできない。

聚星には、聚星が通すべき信念というものがある。

子供を抱くのは、絶対に許せない。子供は子供らしく、健やかに育ってほしい。年端《としは》のいかぬ子供を見ていると、少年時代の自分自身を重ねてしまうからだ。聚星はその時分から躰を売っており、矛盾している自覚はあるが、どうしても嫌なのだ。

「十四っていやあ、妓女《ぎじょ》だったら子供どころか食べごろだろ。十五じゃもう、薹《とう》が立ってるって言われるしな」

厳信はくっと笑った。

華奢《きゃしゃ》な体軀も、甘い声も、愛くるしい顔立ちも、どれもが人を放っておけない気分にさせる。

あんなふうに真っ直ぐに見つめられても、困るだけだ。

邪心も虚飾もない瞳で見つめられると、調子が狂ってしまうのだ。

3

「一、二、三……」

東昇閭《とうしょうりょ》の門前に立った灯璃《とうり》は、もう一度手にした札の枚数を数え直す。

四海《しかい》手製の札を七枚集めるのは当然のことながら一週間かかり、漸《ようや》く灯璃は聚星《しゅうせい》に会うことを許された。

今宵《こよい》こそは正式に登楼《とうろう》できるということで、灯璃の衣装も並々ならぬ気合いが入っている。作法どおりに色の濃い衫《さん》を身につけ、髪も明正《めいしょう》に綺麗に結い上げてもらった。

門から高楼へ向かう小径《こみち》には、ところどころに火が灯されており、それがゆらゆら揺れている。華やいだ光景に胸をどきどきさせながら、灯璃は真っ直ぐに東昇閭へ向かった。

銅環《どうわ》を摑んで扉を開けると、控えていた少年が頭を下げる。

「ようこそいらっしゃいました、灯璃様」

最初の日に灯璃を館に案内してくれた、すらりとした体軀の少年が告げた。改めて彼は如水《じょすい》と名乗り、この閭《りょ》では僮《どう》として下働きをしているのだと教えてくれた。

「聚星様はお部屋でお待ちです」

閻の二階はそれぞれの男妓《だんぎ》の私室になっており、彼らはそこで生活し、客を招く。

手摺《てす》りは絢爛《けんらん》たる牡丹の意匠が彫り込まれ、どこまでも華やかなのは二階も変わらない。

二階に置かれた燭台の火がちらちらと揺れ、落とした灯《あか》りがどことなく淫靡《いんび》な雰囲気を醸《かも》し出していた。

灯璃はごくりと息を呑む。

「こちらです」

入り口は丸くくり抜かれ、戸口を抜けると、玉でできた簾《すだれ》がしゃらしゃらと音を立てる。

長椅子に腰かけた聚星は絢爛たる衣装を身につけており、灯璃を眺めて微かに唇に笑みを浮かべ、「ようこそおいでになりました」と頭を下げた。

結い上げた髪も美しく、灯璃はぽうっとして聚星を見つめてしまう。

「如水。灯璃様にお茶を」

「かしこまりました」

一礼した如水が退出し、灯璃はなすすべもなく部屋に取り残され、その場に立ち尽くした。

「お座りに」

「あ、うん」

こくりと頷いた灯璃は、何となく気が引けつつも聚星から精一杯離れた場所に座る。

すぐに如水が茶器の類を持ってきて二人の前に置き、再び退出していった。

「子供のくせに、随分根性を見せたようじゃないか」

聚星ががらりと言葉遣いを変えたが、彼と親しくなれた証のようで嬉しい。

「聚星に会いたかったから」

今更子供じゃないと主張しても詮《せん》無きことだと思ったので、灯璃は胸を張ってみせた。

子供だろうと大人だろうと、灯璃が四海の出した条件を満たしたのは本当のことだ。そう思ったからだ。

だが、誇らしい気分でいる灯璃と対照的に、聚星は迷惑そうだ。

そんな聚星の態度に、弾んでいた気持ちはしおしおと萎《しぼ》んでいく。

そうか、やっぱり迷惑なんだ。自分は精一杯頑張ったけど、聚星は嫌なんだ……。

「……おまえなあ……」

ため息をついた聚星が、長椅子の上に腰かけて居住まいを正した。

「本当に俺を買いたいのか」

「だめ？」

聚星の膚《はだ》は象牙《ぞうげ》のようになめらかで、高々と結い上げた髪は艶やかだ。長い睫毛《まつげ》で彩られた瞳には理知の光が宿り、斯《か》くも美しい男性に会うのはやはり初めてのことだ。

いや、女性であってもこのような麗人はいるのだろうか。

上背があることが、聚星の美しさをよけいに印象づけている。

陽都《ようと》に住むのは主に黒髪黒瞳の者ばかりだが、中には聚星のように茶色がかった色彩の持ち主も生まれることもあった。

しゅんとしながらも聚星に見惚れる灯璃に、彼は苦笑しつつも話しかけてくれた。

「灯璃、おまえ、歳は十四だったな」

「うん」

「十四でこの東昇閣の聚星を買うのに、そこまでの執念を見せるとは……空恐ろしいというか、無謀というか……」

そこで一度言葉を切り、聚星は灯璃をまじまじと見つめる。

彼の深遠たる色合いの瞳に、自分自身が映っている。

そのことが、嬉しかった。

誰かが自分を見つめている。

それだけでこんなに幸せだと思える瞬間があるなんて、灯璃は知らなかった。

聚星の視界の中に自分が存在するというだけで、こんなにも心が満たされるのだ。

「どんなに美辞麗句で飾り立てようが、ここが悪所であることには変わりない。さっさと帰ったほうが、おまえの身のためだ」

「帰るわけにはいかない」

ここで怯《ひる》めば言い負かされると、灯璃は毅然《きぜん》と言い張った。

「なぜ？」

「四海様には聞いていない？　俺、冬には、許婚《いいなずけ》と結婚するんだ」

「おめでとう。だったら尚更《なおさら》、許婚の許へ帰るがいい。悪い遊びを覚えるまでもない」

棒読みだ、と内心で灯璃は突っ込みつつも、敢然《かんぜん》と口を開く。

「結婚し、妻を幸せにするためには、女性の扱い方から学ばねばいけない」

対する灯璃も、言い慣れないせいでつい棒読みになってしまう。

「それがどう関係ある？」

「それで、ここに来て修行をすることにしたんだ」

「──要するにおまえ、そちらの知識がまったくないのか？」

「ない」

べつに恥じるべきことでもないので正直に答えると、彼はまじまじと灯璃を眺め回した。

「そうだったのか……ならば、連れの明正という男は、それを承知なのか」

「もちろんだ。明正は俺の養育係だし」

「ふうん……おまえたち、つくづく妙な二人組だなあ……」

どこか含みのある物言いが引っかかり、灯璃は面《おもて》を上げた。

「そうなの？」

明正とは物心ついたときからのつき合いだけに、変だの妙だのと言われたところで納得できないのが事実だった。

「たいてい、主人が桃華の郷に行くといえば止めるものだ。悪い遊びを覚えられて身代《しんだい》を傾けられては洒落《しゃれ》にならんからな」

「でも、俺と梅花《ばいか》との結婚が台無しになったら、困るのは明正も一緒だよ。だから、頑張ってくれてるんだと思う」

「――なるほど。そういえば、俺を買うには、いくらかかるか知っているか？」

一瞬灯璃は考え込んだが、答えを予想もせずに知らないと言うのも憚《はばか》られて、「これくらい？」と指を二本立てた。

「そんなに安いわけがあるか。少なくとも、一回に金一袋は必要だ」

「ええっ！」

灯璃は声を上げる。

金一袋といえば、これまでかかった旅費と大差ない。たった一晩でそれだけを使わねばならないとは……と、灯璃は青くなった。

「高いと思うか？　思うならば、おまえにとって俺の価値はそれだけということだ」

「そんなことないです。今のは、ただ驚いただけで」

値段のことで彼を貶めたと取られるのは心外で、灯璃は急いで自分の反応を弁解しようとしたが、聚星はいやに優しく笑う。

「無理をするな。おまえが許嫁を好きならば、問題はない。好いた相手とならば、たとえ初めてだって上手くいく。上手くいかなくたって、それでいいだろう。だからもう帰れ」

「でも……！」

「好きな相手を幸せにしたいのなら、何でもできるはずだ」

「――だって……」

灯璃は頬を染め、長い沈黙ののちに俯《うつむ》いた。

「そんなの、わからないもの……」

「何が」

どうして馬鹿正直に聚星の問いに答えてるのだろうと内心で思いつつも、灯璃はうなじまで赤くなりながら、躊躇《ためら》いがちに答えた。

「――好き、なんて……」

「おまえ……まさか、人を好きになったこともないのに、最初にここに来たのか？」

「うん」

灯璃が頷くのを見て、聚星は困ったように肩を竦めた。

「それでひな鳥が最初に見た相手に懐くみたいに、俺のことばかり追いかけてるのか」

違う。そうじゃない。だけど、上手く気持ちを表現できない……。

己の衝動も感情も未知のものすぎて説明も能《あた》わず、灯璃はただ俯く。

「まったく……おまえみたいにだめな子供は、いいように騙されて身ぐるみ剝《は》がれても文句は言えんな……」

「どういうこと？」

「世間知らずで、初心《うぶ》で、考えなし」

聚星はぽんぽんと並べ立て、むっと顔を上げた灯璃の鼻をきゅっと摘《つま》んだ。

「つけ込まれて騙されて、売り飛ばされても文句は言えんぞ」

灯璃は慌てて聚星の手を振り払い、声を荒らげた。

「俺にそんなことをする奴なんて、いない！」

「……やれやれ」

ため息をついた聚星は、灯璃の真意を確かめるように、瞳を覗き込んでくる。

「俺、聚星がいいんだ。聚星みたいに綺麗な人、ほかに見たことがないから！」

「世辞はいらん。足りてるぞ。それに、おまえは俺の相手をするというのがどういうことかわかってるのか？」

「ん？」

ふと立ち上がった聚星は灯璃に近づき、跪《ひざまず》いてその手を取った。

「罪作りなほどに可憐《かれん》なおまえの桜色の唇で、俺に触れるということだ」

間近で見上げられると、もう息も止まりそうだ。

視線が絡まるとはこういうことをいうのだ、きっと。

「星のように煌《きら》めくおまえの瞳で、俺を見つめるということだぞ」

「っ」

怖い……。

聚星のほうこそ、怖いくらいに綺麗で。

聚星の手がそっと灯璃の頬に触れる。

「ひゃっ」

灯璃がびくんと震え上がるのもおかまいなしに、聚星は摑んだ手に唇を寄せた。

途端に、張り裂けそうな勢いで心臓が激しく脈を打つ。

「この手で俺に触れるところを、想像できるか？」

しっとりとしたあたたかな唇が、灯璃の手の甲に押しつけられる。それだけでじわじわと躰が汗ばむ気がして、灯璃は緊張に全身を強張らせた。

「う……」

どうしよう――動けない。

「これくらいで怯《おび》えてるようじゃ、俺の相手はできないぞ」

「怯えてない！」

怯えたわけじゃなくて、心臓が高鳴って、緊張して……とにかくびっくりしただけだ。

反射的に声を荒らげた灯璃を見て、男は喉を鳴らして笑った。

「じゃあ、その反応は何だ？　顔は真っ赤で、汗を掻いてるじゃないか」

「あ、暑いだけだ」

「暑い……ね」

ふっと彼は笑って、いきなり灯璃の右耳に歯を立てた。

「やっ」

「感じやすいな。こんなに世間知らずなのに桃華の郷なんぞに来て、おまえ……すぐに喰われるぞ」

「く、喰われるって……？　人食いもいるの……？」

「人食い、な。おまえにとってはそうかもしれん」

聚星は躰を離し、灯璃を凝視する。それだけで、心臓が張り裂けそうに苦しくなった。

「おまえに温情をかけるのは簡単だが、それではおまえのためにならないからな」

呟いた聚星は、灯璃の腕を摑んで寝台に組み敷いた。

「やだっ！」

驚きに声を荒らげる灯璃だったが、聚星に間近で見つめられると、声も出なかった。

至近距離に彼がいることに震え、息をするのも忘れてしまいそうになる。

「しゅ…聚星……」

「十四は食べごろ……か」

一人呟いた聚星が、灯璃の首筋を舐《な》め上げる。

「な、なにっ……」

驚愕《きょうがく》に声が上擦ったが、衣服の前を広げられると、もう抵抗もできなかった。

「っ」

呆気《あっけ》なく帯を解かれて、やわらかな膚《はだ》を晒《さら》されてしまう。いきなりのことに対処に困り、灯璃は息を詰めるほかなかった。

最初はお茶を飲んでゆっくり親しくなると聞かされていたから、上手く聚星を説得できたとしても、その程度だろうと思っていたのに。

「なるほど……これが食べごろの膚、か」

舌なめずりをするように言われて、灯璃は首を振った。

「た…食べるの……？」

「味見させろよ」

淡々と告げた聚星の唇が、鎖骨《さこつ》に触れる。それだけなら弾みと思えるが、今度はぬるりと舌を這わされて、更に声が浮き上がってしまう。

「あうッ」

「正真正銘の初物か。水揚《みずあ》げすれば高くつくんだが」

「やっ……そ、んなとこ……舐めな…いで……」

胸の突起を転がすように舐められて、灯璃の瞳に涙が滲んだ。

どうしてかわからないけど、とにかく……怖い。

「どうして？　ここが硬くなってきたぞ。気持ちいい証拠だ」

「ちがう……」

「快感を得られるかどうかは、慣れも大きいからな。これを快楽だと覚えれば、次からは気持ちいいとしか感じなくなる」

どこか淫蕩《いんとう》な口ぶりで、聚星は囁いた。

「……や、やっ……」

下肢の付け根に手を這わされて、灯璃の声は一層跳ね上がった。

「やだ……っ！　どう、して……そんな……」

「少しぬるぬるになってるな。素質は十分、か」

「あっ」

聚星のしなやかな手指に性器を包み込まれて、灯璃は泣きじゃくった。

なんとか両手で聚星の躰を押し返そうとするのだが、圧倒的な体格差のせいで、聚星はびくともしない。

大人と子供の体格差を思い知らされて、灯璃は不安に戦《おのの》くばかりだった。

怖いのに、心臓がどきどきするのに……気持ちよくて。

怖いくらいに、よくて。

「やだ……やだ、なんか……変……」

彼の手が、灯璃の性器のかたちを確かめるようにゆったりと蠢《うごめ》く。

それだけで体温が何度も上昇するような気がして、灯璃は震え上がった。

「自分で、こうしたことはないのか？」

「ない……よっ……」

「それは重畳《ちょうじょう》だな」

聚星は呟き、再び灯璃のものを揉《も》みしだく。

「いやっ……いやだ…ぁ…」

「泣くな」

囁きながら、躰を倒した聚星が唇を押しつけてきた。

「んんっ」

ちゅく……といやらしい音のする深いくちづけに、逃げることもできぬまま、灯璃は聚星の上体にしがみつく。

唾液《だえき》と唾液が混じり合う。

自分の舌に彼のそれを絡められたので、慌てて押し退《の》けようと舌に力を込めたところで、逆にきつく吸い上げられた。

「ー……」

声が出ない。

頭の芯《しん》がくらくらして、ぼうっと思考が滲んでくる。

口を開けるたびに注がれる唾液がやけに甘美に思えて、灯璃は躊躇《ためら》うことなく飲んだ。

「——従順だな。おまえ……そういう態度はまずいぞ」

顔を離した聚星は、呆れたように口を開く。

「…なに…がっ……」

「生意気なくせに、顔は可愛くて、おまけに躰だけはやけにしとやかで……男に喰われるのを待ってるようなもんだ」

耳打ちをしながら、彼は灯璃の頬や瞼《まぶた》に唇を寄せる。

「おまえが男妓になれば、水揚げしたがる連中はごまんといるだろうな」

「わかん…なっ……」

なおも聚星の手は這い回り、灯璃のそれを水音を立てながら扱《しご》く。

躰の奥のほうが、じんとして……気持ちいい……。

「そのうえ、どうしようもなく世間知らずだ。俺にこんなところを弄《いじ》られて……気持ちよく

なってるんだろ？」

「うあっ……あ、あっ……ああッ……やだ、やだ、やだっ！」

怖い。自分がどこか違う場所に連れていかれそうなのが、わかる。

なのに、拒めない。

馨《かぐわ》しい聚星の匂いに包まれて、頭がくらくらしそうだった。

「や、じゃないだろ」

「……だめ……そこ、それ…変……だって……」

「変にしてやってるんだ。気持ちがいいだろ、灯璃」

灯璃、と名前を呼ばれるともう……だめで。

聚星が自分の名前を発する。彼の唇が動く。

それを意識すると、胸がずきずきと痛くなった。

「ん、んっ……いい、いい……ッ……」

「そうだ。それが快楽ってやつだ」

先端のところを軽く指で擦《こす》り合わされて、ぎゅっと閉じた瞼《まぶた》の裏で白い光が散る。

無意識のうちに「いい」と口走る灯璃を見下ろし、聚星は低く笑った。

「そういうところが、つけ込まれるんだ」

「…あんっ……あ、あっ……やあっ……！」

初めて与えられる快楽は凄《すさ》まじく、灯璃は泣きながら聚星の手に体液を放った。

とんでもないことをされたと思うのに、すごく……気持ちよかった。聚星に触れられることが。

「うう……」

体液を聚星は布きれで丹念に拭《ぬぐ》うと、前をはだけさせたままぐったりと寝台に横たわる灯璃を見下ろす。

漸く泣きやんだ灯璃に、聚星は肩を竦めてみせた。

「まあ……おまえは可愛いがな。もうちょっと世間に揉まれてこないと、痛い目に遭うぞ」

「可愛くなんかない！」

灯璃の反論がおかしかったのか、聚星はくすっと笑った。

それが子供扱いされているようで、情けなかった。

「少しだけ俺の寝台を貸してやるから、寝ていくといい」

「……聚星は、どうしても俺じゃ嫌なの……？」

身を起こした灯璃は、衣服を整えながら潤んだ瞳で聚星を見上げる。

灯璃は恥ずかしくて、でもちょっぴり嬉しいのに聚星は全然楽しそうに見えない。

「生憎《あいにく》な」

「だったら、どうすればいい？」

灯璃はぽつんと呟いた。

「おまえにはおまえの身の丈に合った暮らしがある。そいつを大事にしな」

「でも……覚えて帰らなきゃいけないんだもの」

「――どうして」

「去年、父さんが亡くなってから、世継ぎが俺しかいないんだ。俺がしっかりしないと、みんなを困らせる……伯父様たちと上手くやって、一族を守らなくちゃいけない。だから、許嫁の梅花とも仲良くしないと」

そんなのは言い訳で、本当は聚星と会って話をしたいだけだ。

「………………」

呆れたのだろうか。

聚星は唇を閉ざし、灯璃を見下ろしている。

「――おまえの思ってることも、少しならわかるよ」

「本当……？」

「ああ」

聚星は大きく頷き、くしゃくしゃになった灯璃の頭を、櫛《くし》で梳《す》いてくれた。

「関《かん》家といえば、おまえたちの県じゃ名門だ。おまえはこんなちっちゃい肩に、大事なものを乗せてるんだな」

ぽんぽんと優しく肩を叩《たた》かれて、灯璃はなぜかひどく胸が苦しくなるのを感じた。

「――けどな」

聚星は不意に声を落とした。

「ここは、嘘を嘘だってわかってる者のための偽物の郷だ。おまえみたいな、嘘と本当を見抜けない人間が来る場所じゃない」

きっぱりと言い切った聚星は、灯璃の瞳を見つめた。

彼の言葉の意味は解せないけれど、いきなり優しくされたことが不思議だった。戸惑いにじっと見つめ返すと、聚星は「くそ」と呟いて苦笑する。

「どうやら、おまえにほだされたみたいだな」

「……えっ！　じゃあ、俺と……」

「今はだめだ。おまえは成人してないだろ。それでも俺に相手にしてほしいって思ってるなら、もっといい男になってから来い」

「いい男に……？」

「そうだ。自分をちゃんと持って、揺らいだりしない人間になれよ。嘘を嘘と見抜いて粋《いき》に遊べないとな。そういう奴になれば、自然と許婚とも上手くいくようになる」

自分は聚星と遊びたいわけでは、ない。

きっとこの気持ちはそんなものじゃないのだ。

だけど、それを上手く伝えられそうになかった。

「成人するまでなら、あと半年はあるだろ？　半年間死にものぐるいで頑張って、うんといい男になるって約束すれば、考えてやってもいいぞ」

思ってもみない提案に、灯璃は目を瞠る。

「それくらい、簡単だよ！」

灯璃はぎゅっと己の両手を握り締めた。聚星が歩み寄ってくれたことが、今はとても嬉しかった。

聚星のためなら、何でもできる。頑張って大人になろう。

「半年経ったら、絶対に来る。だから待ってて」

「――では、待ってやる」

微笑んだ聚星は、灯璃の額にくちづける。

「約束だ」

「うん！」

綺麗な聚星を手に入れられるようになるまで、頑張るから。

4

――あれから一年、か。

他人の口から出る約束ほどあてにならぬものはない。遊廓《ゆうかく》暮らしが長い聚星《しゅうせい》であったが、どうもその法則を忘れていたようだ。こうして未《いま》だに灯璃《とうり》との約束を覚えているとは、我ながらどうかしている。

誰ぞがぽろぽろと琴を爪弾《つまび》く音が、階下から聞こえてくる。見習いの少年たちが、客に聞かせるために楽器の練習をしているのだろう。

「音が外れてるな……」

窓越しに聞こえる彼らの明るい笑い声は、灯璃の無垢《むく》な笑顔を想起させた。

顔も声も、まだこんなに鮮明に覚えているのは、なぜだろう。

指に触れた膚《はだ》のやわらかさも。

思い出を勝手に美化しているだけなのかもしれないが、灯璃は聚星にとっては特別な意味を持つ存在となりつつあった。

折に触れて、思い出してしまう。

あの歳《とし》で聚星を欲しいなんて言った人物は、灯璃が初めてだ。だから、誰よりも強く印象に残っているに違いない。

だが、故郷に戻った灯璃は、やはり地に足の着いた暮らしのほうがよくなったのだろう。

最初のうちは何度か手紙を寄越《よこ》したが、今や音信はすっかり途絶えてしまっている。

それとなく何度か厳信《げんしん》に話題を出してみたのだが、風来坊の女衒《ぜげん》とて関家《かん》のことを知るよしもないらしく、灯璃の消息はよくわからないままだ。

戦乱の続く陽都《ようと》では、一般の個人向けに通信の仕組みが整えられていない。

王族や貴族は、政治的な理由があるときはそれぞれに馬を出して手紙を届けさせる。また、親しい商人たちに手紙を託すことも多かった。

そのため、普通の人々が親類や友人に手紙を出したい場合は、郷《さと》の中央にある通信所へ行っていくばくかの金と引き替えに手紙を預ける。すると、遊廓を訪れた客が故郷に戻るついでに、また、女衒が目的地に行くついでに、金と引き替えに手紙を届けてくれることになっていた。逆もまた然《しか》りで、人々は県に点在する通信所を利用する。無論、この仕組みでは人の善意に頼っているため、確実に文を届けられるとは言い難い。

しかし、戦乱の世の中では定期的な通信手段を維持することは難しく、この手法に助けられている者も多かった。

だからこそ、途中で何割かが事故に遭った可能性もあるとはいえ、灯璃のあの勢いでは、あと何通かは手紙が来てもおかしくないはずだ。

そうこうしているうちに、あっという間に一年が過ぎ去った。

灯璃は故郷で結婚すると言っていたし、新妻がそんなに可愛いのか。

上手《うま》くいっているならそれに越したことはないのだが、聚星の胸中に過《よ》ぎるのは、これまでに感じたことのない種類の淋《さび》しさだった。

不思議だ。

聚星も遊里《ゆうり》にいる以上は、別れも出会いも星の数ほど経験している。

今更、灯璃がここに来ないことを気にする必要などないはずだ。彼が悪い遊びに嵌《はま》らなくてよかったと、逆に祝ってやるべきではないのか。

しかし、灯璃と距離ができてしまったことに、こんなにも深い寂寥《せきりょう》を覚えている。

「まったく……ざまあねえな」

一体自分は、灯璃に何を期待していたのだろう。

色欲の底に突き落として肉の虜《とりこ》にするのでなく、ただ、ほんの少しだけ愛撫《あいぶ》をしてやっただけだ。その程度で、好奇心旺盛《おうせい》な少年を繋《つな》ぎ止められるわけがない。

なのに、熟客《じゅっかく》にでもなってくれると思ったのか。上得意として通い詰めてくれると考えていたのか？

いや、そんなわけではない。

ただ……もう一度、会えるだろうと勝手に思い込んでいた。

灯璃のあの熱心さならば、さぞや美しく涼やかな若君になって自分の目の前に現れるだろうと、勝手にそんな馬鹿げた夢を見ていたのだ。

——すべては、愚かしい夢だ。


「聚星」

ふと声をかけられて顔を上げると、戸口に莉英《りえい》が佇《たたず》んでいる。

艶《つや》やかな緋色の衣装を身につけた華奢《きゃしゃ》な体軀《たいく》の莉英は、売上げでは常に二番目を誇る。四海《しかい》がほかの店から彼を引き抜いてきたのだが、東昇閭《とうしょうりょ》に来て一年足らずだというのに立派なものだ。しかし、当の莉英は聚星に対して好意を抱いていないらしく、いつもつんけんとした態度を崩さない。

「何だ、莉英」

「臨家《りんけ》の若旦那《わかだんな》があなたに会いたいと」

淡い茶色の髪を結い上げた莉英の白皙《はくせき》の美貌《びぼう》はどこか女性的だが、こうして相対しても何の感情も窺《うかが》うことができず、他人に思惑を読ませない。

この男が客に組み敷かれてよがり狂う様を見てみたいな、と、いささか趣味の悪い考えを抱いたことも一度や二度ではない。聚星がいなければこの店の一番人気になっていたであろうという莉英は、男に抱かれることを生業《なりわい》とし、その玲瓏《れいろう》たる美貌とは裏腹に大胆な寝技を持つとの噂《うわさ》だった。

「臨家の？」

「ええ。下の広間でお待ちです」

「だが、まだ店の開く時間ではないはずだ」

「たっての願いとあって、上がっていただきました」

莉英の口許《くちもと》に皮肉な笑みが浮かび、聚星は嫌な予感を覚えた。

「おまえがわざわざ呼びに来たのか」

「いけませんか。如水《じょすい》はあなたの出局の準備で、朝からずっと多忙のようですから」

彼の口調からは真意を読み取ることができず、聚星は微《かす》かに目を細める。

「わかった。ありがとう」

「どういたしまして」

しゃらんと耳飾りを揺らしながら歩く莉英に、聚星は微かに肩を竦《すく》める。敵対視されることは嫌ではなかったが、莉英はなまじ頭が働くものだからたちが悪い。

臨家の若旦那といえば文士崩れの放蕩《ほうとう》息子で、男を抱くも抱かれるもできる遊び人といえば聞こえはよいが、引き際を見極めることができない。もともとは莉英の前の店での相方なのだが、莉英の転籍とともに自然消滅し、ここ数か月ほどは聚星に妙に入れ込んでいた。

だが、聚星にとっては一番相手にしたくない人物であるため、彼からは声がかかっても断るのが常だった。

聚星ほどの売れっ子になれば、客を選ぶ権利は与えられている。

尤《もっと》も、それなりの駆け引きがなされれば、応えざるを得ないこともあったが。

「ええい、聚星はまだなのか」

苛々《いらいら》とした様子で、若旦那が僮《どう》――いわゆる小間使いに当たり散らしている声が聞こえ、聚星はきりっと表情を引き締める。ここで言うべきことを言っておかねばならなかった。

「お呼びですか、臨様」

「おお……!」

臨は聚星の姿を認めて、嬉《うれ》しげに声を上げた。

「待ち詫《わ》びたぞ、聚星」

「今日はどのような用件でございましょう。見てのとおり、まだこの閭《りょ》は営業を始めておりません」

「そなたにたっての頼みがあってな」

「頼み、とは?」

「今宵《こよい》、私とともに出局してほしいのだ」

さらりと告げられた言葉に、聚星は慇懃《いんぎん》に首を振った。

「お忘れですか、旦那。この郷には郷の決まりがある。旦那は私の相方ではないし、馴染《なじ》みでなくては私は出向きません」

「金ならいくらでも積む。どうしてもそなたを連れていくと、仲間に言ってしまったのだ」

「いくら積まれようと、そのご希望には添えません」

「聚星！」

臨は声を荒らげたが、聚星は首を振った。どのみち、彼に応えてやる義理はない。

「生憎《あいにく》ですがね。俺は野暮は嫌いなんですよ、旦那」

聚星は唇を微かに綻《ほころ》ばせて、凄《すご》みの利いた笑みを浮かべた。

「筋を通さないのと、野暮な振る舞いってのはうんざりする。旦那はそのどちらもやってるってわけだ」

がらりと口調を変えた聚星に、若旦那はおろおろと不安げな表情を向けた。

「今日の宴《うたげ》に俺を連れていって、ほかの方々に目にものを見せてやりたいんだろうが、金で宗旨替えさせようとするあんたよりも、金で言いなりになる俺のほうがずっと野暮だ。俺には俺の矜持《きょうじ》がある以上、あんたの望みは叶《かな》えられない」

「な……っ」

「今夜は、宴席であんたの顔を見られるのを楽しみにしてますよ」

ぐうの音《ね》も出ない様子の若旦那に笑みを一つくれてやると、聚星は足早に歩き出す。

ちらりと二階を眺めると、吹き抜けの手摺《てす》りにしなだれかかっていた莉英が嫣然《えんぜん》と微笑《ほほえ》む。

「……ったく、莉英の奴……」

聚星が困ったところを見て楽しんでいるのだから、本当に趣味が悪い。そのうち泣かせてやるしかなさそうだと、聚星は苦笑した。

部屋に戻るか、出かけるか——逡巡《しゅんじゅん》したところで、如水が小走りになってやってきた。

「聚星様。そろそろ出かけるお時間ですが」

「もうそんな時間か。では、このまま行こう」

娼妓《しょうぎ》のつとめは様々で、中でも宴会に出て宴席に花を添えることを出局という。

出局には幾つか種類があり、酒席に侍《はべ》ることを酒局《しゅきょく》、賭博《とばく》の席に出ることを和局《わきょく》、芝居に出ることを戯局《ぎきょく》という。今日の聚星は馴染みの熟客とともに、野外での宴席に出向くことになっていた。

それを知った臨家の若旦那は、遊び仲間にいいところを見せたくてちょっかいをかけてきたのだ。

何ともわかりやすいが、金さえ積めば誰でも聚星を連れ出せるというわけではない。

聚星にとっての上客でなくては、その栄誉に浴することはできなかった。

また娼妓によっては逃げ出す恐れがあるため、遊廓の外に出る場合は何人もの屈強な供をつけなくてはならないが、聚星にはそのつもりがないから、見張りは数少ない。供の如水も自分が逃げれば郷里の家族に累が及ぶことを知っているため、足抜けを考えることはまずなかった。また、娼妓には給金として通貨の代わりの『票《ひょう》』が支給されるが、これは外界では一切価値がない。金がなければ、普通の娼妓が逃げ延びることは難しかった。

「しかし、臨家の若旦那にあんな啖呵《たんか》を切ってしまって大丈夫ですか？　あとで莉英様に怒られるのでは」

「放《ほう》っておけ。莉英の奴、どうせ俺を困らせたくてやってるんだ」

聚星は四海に挨拶《あいさつ》をすると、従者として如水を伴って東昇閻の門を出た。

東昇閻から一歩外に出ると、時間的に買い物に出ていた娼妓の熱い視線がまとわりつく。

「…ねえ、聚星様よ」

「本当。今日は出局なさるのかしら」

「相変わらず素敵だわ。私も一度、お話ししてみたいわ」

ひそひそと鼓膜《こまく》をくすぐるのは、憧《あこが》れと禁忌が入り交じった言葉だ。

通りを歩いていると娼妓の一人と目が合ったので、聚星が微笑んでやる。すると少女はぽっと頬《ほお》を染め、その場にへたへたと座り込んだ。

「ちょっと、遊ばないでくださいよ、聚星様」

怒ったように、如水が衫《さん》の裾《すそ》を引っ張る。

「妓女《ぎじょ》と男妓《だんぎ》の色恋沙汰《ざた》は御法度です」

早口で耳打ちされて、聚星はかたちのよい唇を綻ばせた。

「わかってるって。でも、あんな目で見られてんのに、目を逸《そ》らしたらかえって感じが悪いだろうが」

「あの方たちが客としていらっしゃる分には問題ないのですが、たいていは、それでは終わらないでしょう」

わかりきったことに釘《くぎ》を刺されても、如水の生真面目《きまじめ》さでは嫌な気も起きなかった。

「おまえは真面目だなあ、如水。ちっとはやわらかいところもないと、客に飽きられるぜ」

「聚星様がやわらかすぎるんです」

如水の言い分を聞き、聚星は低く笑った。

昼下がりの遊廓の上を、鳶《とび》が甲高い声で鳴きながら飛んでいく。縦横無尽に自在に飛び回る鳥に、己《おのれ》の境遇と比して嘆く者もいることだろう。

門を出てすぐのところに出迎えの馬車が待ち受けており、まだ少年じみた御者が人待ち顔で手綱を握っていた。

「待たせたな」

「と、東昇閤の聚星様と、お連れの方で？」

年若い御者の声が上擦った。

「そうだ。遅くなって悪かったな」

「いえ、とんでもありません。乗ってください」

すぐに馬車は走り出した。

軽快に走る馬車に揺られていると、単調な響きに眠気が増してくる。

如水は久しぶりに遊廓の外に出られるのが嬉しいらしく、鼻歌でも歌いたそうな顔つきで景色を眺めていた。

桃華山《とうかざん》を離れて暫《しばら》くすると、町の光景は少しずつ変わっていくが、それでも、楽《がく》の国内であれば貧富の差はそう激しくない。何より、楽の民は飢える心配がほとんどなかった。他国の民は飢えているにもかかわらず。

不安定で不公平、不均衡な世界。

桃華郷《とうかきょう》もまた、例外ではない。

あの郷に歪《ゆが》みを残しているのは、神仙の意思だ。この世には人間が辿り着く夢の国などないとでも言いたげに、彼らは矛盾を積み残した遊廓を経営してる。

その事実に気づいている者は、そう多くはないだろう。

とろとろと微睡《まどろ》みかけていた聚星は、沿道に佇んだり座り込んだりする者が多いことに気づき、怪訝《けげん》な顔つきで眉《まゆ》を顰《ひそ》めた。

「やけに人が多いな、如水。今日は何かあるのか？」

「ええと……ああ、そうでした！」

眠たげな顔になっていた如水が、ぽんと手を叩《たた》いた。

「なんだ？」

「磬《けい》の王子が奏《そう》に向かわれるため、この街道を通られるのだとか。それで今日は、いつもより迎えの時間が早いのです」

楽の西方に位置する『磬』の国名を出されて、聚星はぴくりと眉を顰める。

磬の王子といえば、麗容を持ち合わせた華麗な武将の翠蘭《すいらん》のほかにはおるまい。

西国に佳人有り、玉容《ぎょくよう》は陽都に知らしむ。性は冷酷無比、氷の如《ごと》き心溶けること無し――と。

戯《ざ》れ歌を口ずさんでいるうちに、不意に御者が馬車を道の脇《わき》に寄せて、完全に停車させた。

「どうしたのですか？」

如水が御者に問いかけると、彼は「後ろから磬王子のご一行が」と答えた。

「そうか。ならば、触らぬ神に祟《たた》りなしということだな」

聚星は穏やかに告げ、それでいて睨《にら》むように背後を見やった。

やがて、土埃《つちぼこり》を上げ、騎馬の一群がこちらへ並足で向かってくる。

急ぐ旅ではないのだろうか。

先駆けの次に現れたのは、きらびやかな甲冑《かっちゅう》を身につけた美貌の青年武将だった。背筋を伸ばして真っ直《す》ぐに前を見据えた彼は、白馬に跨《また》がっている。

前方だけを見つめ、街道で手を振る人々に目もくれることのない傲慢《ごうまん》な姿勢は、彼が幼い頃《ころ》からまるで変わっていない。

艶やかな黒髪を束ね、翠蘭の凍《い》てついた口許はきりりと引き締められている。武将とはいえ生来の線の細さを隠すことはできず、彼の娟麗《けんれい》たる美貌は人々の目を惹《ひ》き、すべての視線を釘付けにしていた。

あの男の一族が、聚星からすべてを奪ったのだ。

暗く苦い感情が、喉元《のどもと》にまで込み上げてくる。

この世界にあるのは、裏切りばかりだ。

それは変えることのできない、現世を形作る法則だった。

寄《よ》る辺《べ》ない世界で約束をすることがどれほど大切なことか、灯璃にはわからないのだろう。幸せに暮らしてきた者には、裏切られる痛みなど想像もできないのだ。

傲慢なことだと、聚星は皮肉な笑みを浮かべる。

灯璃は自分がしたことが、どれほど残酷な行為なのかも自覚せずにいることだろう。

だから自分は、偽りに満ちた世界で偽りの愛を囁《ささや》く。

ほんのわずかでも他人を信じた己の愚かさを、内心で嘲笑《あざわら》いながら。

「お疲れさまでした、聚星様」

「おまえも疲れただろう」

出局を終えて桃華郷に戻ってきた聚星は、如水と共に大門の前で馬車を降りる。

如水に労《ねぎら》いの言葉をかけると、彼は「あの」と言い淀《よど》んだ。

「ん、どうした？」

「薬を買いに行ってもよろしいですか」

確かに如水は見るからに顔色が悪く、気の毒になるほどだ。酒に弱い如水だったが、聚星がうわばみに近いため、客に勧められると断りきれずに飲むことが多いのだ。

「薬なら、俺が買ってきてやる。おまえは先に戻ってろ」

「でも、聚星様にそんなことは」

「いいから、気にするな」

有無を言わせずに彼を先に閭《りょ》に帰し、聚星は商店が並んだ下町へと足を向けた。

桃華郷は商店にも格付けがあり、妓女の中でも一、二を争うような高級娼妓《しょうぎ》への贈り物を取り揃《そろ》えた店、それより格が落ちる店、生活必需品を揃えた店——と、遊里の中だけで生活ができるようになっている。

聚星自身も疲れて神経が多少ささくれ立っていたものの、如水ほどではない。

薬店へ向けて歩き出した聚星は、すぐ前を歩く、旧知の人物の後ろ姿に気づいた。

「厳信《げんしん》！」

一拍置いてから、声をかけられた厳信は気まずい表情で振り返る。

「お、おう……聚星。元気か？」

どこか不自然な態度に疑念を抱きかけたものの、すぐに理由が知れた。

厳信は一人ではなかったのだ。

連れがいるということは、相手は仕入れてきたばかりの娼妓候補か。

しかし、よくよく見ると、厳信の陰に隠れるようにしてそっぽを向いている人物は、明らかに少年のようだ。目利きできるのは女性のみという厳信は少年を扱わないのが常だから、意外と彼の情人か何かなのだろうか。

それにしては、相手の背格好はどことなく見覚えがある。

といっても、聚星がかつて相手をした客ではないはずだ。客ならば、聚星もきちんと記憶しているし、少なくとも聚星は、こんなに幼い肢体の持ち主を客にしたことはない。

「ああ。……おまえ、今日の連れは男なのか？」

考えるだけではどうしても結論が出ずに、聚星は直截《ちょくさい》に尋ねた。

厳信とは、いろいろなことを忌憚《きたん》なく言い合える仲だったからだ。

「まあな」

「そうか。珍しいな」

それでも、ひどく歯切れの悪い厳信の言葉が気になり、聚星はせめて顔を拝んでやろうと少年の前に回り込もうとした。

――が、さっと身じろぎした厳信に、動きを遮られてしまう。

半ばむきになった聚星は、今度は反対側から少年の前に立つ。

「あっ」

聚星が立ちはだかったことに驚いたのか、少年は反射的に俯《うつむ》けていた顔を上げる。

途端に彼の長い髪が払われて、懐かしい面差《おもざ》しが露《あらわ》になった。

「――灯璃……」

信じられない人物の姿が、そこにあった。

思わず、彼の名前が聚星の口を衝《つ》いて出てくる。

「灯璃なのか、おまえ」

「聚星……」

少し、痩《や》せた。

背は伸びたものの、体つきは引き締まったというよりも、どことなく華奢になったようだ。

顔色もいいとはいえないし、あんなにつやつやしていた薔薇《ばら》色の頬は、その輝きを失いかけている。

「――灯璃……やっと来たのか」

いい男になったら会いにこいとは告げたが、こんなふうに突然再会するとは思わず、さすがの聚星も気の利いたことを言えなかった。

だが、嬉しいことに変わりがないので、自然と笑みが零れる。

尤《もっと》も、いい男というのは難しく、灯璃の顔立ちの可愛さは失われてはいない。

それでも、大人になったことはなったのだろう。

一年前に比べて顔立ちがそれとなく鋭利になったし、まなざしは幼さよりも危うい色香を感じさせる。

「あ……えっと、そうじゃないです」

再会の喜びもないのか、灯璃はやけにあっさりと首を振った。

「そうじゃない……とは？」

「それより、おまえ、急いでるんだろ。その分じゃ出局の帰りと見た。夕刻には、同席した連中が訪ねてくるんじゃないか」

遊里のしきたりに精通した厳信の言葉は、厄介なものだった。

まさにそのとおりで、娼妓たちは出局を終えて妓院《ぎいん》に引き上げるとき、「また来てくれ」という意味で客に「回頭来《ホイ・トウ・ライ》」との言葉を残す。

それに対して客は妓院を訪ね、「先ほどはご苦労様」という労いの言葉をかけるのが礼儀とされていた。そうすることで、客は娼妓たちの面子《メンツ》を立ててやるのだ。

ゆえに、その慣例を無視する客は無粋だと嫌われ、特に男性の客は必死になってその約束を守り抜こうとするのだった。

「俺は灯璃と話してるんだ、厳信」

ぴしゃりと言った聚星は、「どこに行くつもりだ」と灯璃を真っ向から見下ろした。

灯璃は答えるつもりはないようで、唇を結んだままだった。

「灯璃」

もう一度促《うなが》しても、彼は口を割らなかった。

関家が没落したという噂は聞かないし、富農の御曹子《おんぞうし》である灯璃が躰を売りにくるはずもない。

さすがに夕刻が近づくにつれて人が増え、いやに目立つ一行を、行き交う人々がちらちらと眺めつつ通り過ぎていく。

「まあ、いいじゃないか、聚星。積もる話もあるだろうけど、おまえも部屋に戻れよ。支度があるんだろ。えらく埃《ほこり》っぽいぞ、その格好」

聚星は道端に二人を強引に引きずると、改めて彼らを交互に見据えた。

「厳信。これからどこへ行くんだ？」

「——太白家《たいはくや》に行くことになってる」

「太白家、だと？」

隠し通せないと思ったのか、厳信はあっさりと行き先を白状した。

その店名を聞き、自分でもおかしくなるくらいに、険のある声が漏れる。

それは聚星に不信感を抱かせるに十分な名前だった。

「そうだ。ちょっとした社会見学でな」

「だからって、太白家に連れていくことはないだろう！」

聚星は声を荒らげてしまってから、灯璃が怯《おび》えた瞳になったことに気づき、口を噤《つぐ》んだ。

一体、どうして自分は、こんなに熱くなっているのか。

「あの……俺、べつに、いいんです」

分別のついた灯璃には、東昇閭は敷居が高いと思えるのかもしれない。そう思うと自分に会いづらいというのも納得できると、聚星は気を取り直した。

しかし、太白家はいわゆる『窯子《ようし》』という部類で、この遊廓でも最下層の店だ。

いくら桃華郷が免許制とはいえ、高級な店ばかりが建ち並ぶわけではない。金がなくとも一夜の夢を見たい者のために、安く手軽に遊べる店ができるのも仕方のないことだった。こうした店に雇われる娼妓の多くは、薹《とう》が立って借金を返せぬうちに店を追い出された者、行き場がない者、憧としても雇われない者などで、事情があって日銭を稼ぎたい者たちが身を落とす場所でもある。

「遊ぶにしたって、太白家よりもまともな店はある。俺が紹介してやろう、灯璃」

しかし、聚星と視線を合わせようともせずに、灯璃は俯いたまま重い口を開いた。

「遊びに来たんじゃないです。俺、聚星に会いたかったから……見習いっていうか、僮《どう》になるために来たんです」

見習い、だと？

俄《にわか》には理解できぬことを言われて、聚星は眉《まゆ》を顰《ひそ》めた。

「だから、どこでもよかったんです。東昇閣は無理だってわかってたし」

少年たちは最初、僮として店に入る。そうして使用人の役割をしながら娼妓の仕事を習い覚え、いずれは水揚げされ、娼妓として客を取るようになるのだ。

灯璃はおそらく、嘘《うそ》をついている。何か裏があるに違いない。長年客商売をしているのだから、聚星はこうした人情の機微には聡かった。

「僮になるために来ただと？　お付きの明正《めいしょう》だったな。あいつはどうした。おまえのような御曹子を僮にする馬鹿がどこにいる」

「だから、その……」

「実はさ、聚星」

口ごもってしまった灯璃に助け船を出すように、厳信が割って入ってきた。

「このあいだたまたま灯璃の邑を通ったら、灯璃のやつ、聚星に会いたくてたまらないから連れ出してくれなんて言うんだ。で、俺は商人ってことにして灯璃の母親を説得して、仕事

を覚えさせるために仲間に預けますって言って連れてきたんだ」

「明正はよく誤魔化されてくれたな」

聚星が口を挟むと、灯璃は「うん、まあ」と歯切れ悪く答えた。

大体、会いたかったという割には灯璃はちっとも嬉しそうではないし、聚星と視線を合わせようともしない。しかも、よりによって太白家で社会見学に憧をするなど、言っていることが支離滅裂だ。

なのに、自分から事情を口にしようとしないのはどういうことなのだろう。

聚星が明正たちに告げ口するとでも思っているのか。灯璃に信用されていないのか？

「……ならば、勝手にしろ」

吐き捨てるように告げて、聚星は身を翻した。

幻滅なんて、する必要はないはずだ。

口約束だけして二度と現れない客なんて、今までだってたくさんいた。不実な相手など、数え上げるときりがなかった。

殊に、灯璃は客でも何でもなかった。これから客になる可能性があったというだけで、それ以上のことはなかった。

ただ、自分は灯璃のことを――可愛いと、思っていたのだ。

ほんの数回顔を合わせただけの相手なのに、彼のひたむきさを、愛しいものだと感じていた。

一心に聚星を求めてくる彼に、つい、ほだされそうになってしまった。ただ自分に会いたいという一念で七夜も天帝廟《てんていびょう》に通いとおした彼の気持ちを、それゆえに信じていたのだ。

いつか彼が会いに来るだろうと。

なのに灯璃は聚星を落胆させるようなことを、平気でした。

その事実に、失望せずにはいられなかった。

「馬鹿か、俺は……」

聚星は舌打ちをする。

他人に対する己の判断力は捨てたものではないと思っていたが、それもいつしか錆《さ》びついていたようだ。

こんなにもたくさんの人間と関《かか》わり、触れあってきたというのに、あんな子供の心根一つ見抜けなかった。

自嘲《じちょう》とともに苦い笑みが口許に込み上げ、聚星は先を急いだ。

聚星との一年ぶりの再会は、待ち望んでいた割には驚くほどに呆気《あっけ》なかった。

いつかこの郷で会えるかもしれない。そうしたら、なんて言おうか。

灯璃が一生懸命に頭の中で考えていた言葉は、全部、霧のように消えてしまって。会えたことが嬉しい。それだけで、満たされる。

だけど、自分を見て当初は嬉しそうだった聚星の表情や態度が如実に変化する様《さま》に、彼の不興を買ったのだと、悲しみで胸が鬱《ふさ》いだ。

「……いいのかよ、灯璃」

聚星が立ち去るのをぼんやりと見送っていた灯璃に、厳信が気遣わしげに話しかけた。

たまたま立ち止まった妓院の軒先では、適度に日光が遮られて眩《まぶ》しくはない。

「聚星の奴、あれでものすごく怒ってるぞ。そうは見えないだろうけどな」

やっぱり、怒らせてしまったんだ。

灯璃は苦いものを噛《か》み締める。

「――でも、俺……約束破ったから。いい男になるって言ったのに、ちっとも目標も守れなかったし……」

もう一度会いにくる約束を果たせなかったから、嘘をついたのだ。

本当はここに男妓として春を鬻《ひさ》ぐために売られてきたのに、正直にそう白状する勇気がなくて、見習いだなんて言ってしまった。

嫌われるのが、怖かったから。

何もできずに運命に流されてしまったことだけでも惨めなのに、これ以上聚星に呆《あき》れられるのが嫌だった。

それに、まだ、唯一の味方が自分を買い戻してくれるのではないかという一縷《いちる》の望みを抱いている。そうすれば、自分の恥を晒《さら》さずに取り繕えるはずだった。

「そういう問題じゃなくてさ」

「どういうことですか？」

灯璃が首を傾《かし》げると、厳信は「うーん」と口許に苦い笑みを浮かべた。

「まあ、何だ。大人は難しいってことだよな」

厳信の大きな掌《てのひら》でくしゃくしゃと頭を撫でられて、灯璃は俯くほかなかった。

でも。

こうして売られてきた身の上で、一体何を言えというのだろう……？

「すみません、気を遣ってもらって」

「——灯璃」

慰めてくれるような優しい声に、灯璃はどうすればいいのかわからなくなる。

だけど、厳信は女衒であって、こうやって灯璃を売り飛ばすことが商売なのだ。困らせたり懐いたりしてはいけないのは、わかっている。

「大丈夫です。俺、買いに来てくれたのが、厳信…さんでよかったです。旅のあいだ、いろいろ面白かったから。義兄弟の人たちのこと、また聞きたいです」

一人っ子の灯璃と違って、厳信には義兄弟になることを誓った相手がたくさんいるとは以前から聞かされていたが、今回初めてその一人が聚星だと聞いて驚いた。

「そうか」

太白家がどんな妓院なのかは、先ほどの聚星の口ぶりから容易に予想がついた。

最初にこの廓《くるわ》に来たときに、妓院の種類は明正からもいろいろと説明されている。

東昇閤は最高級だが、中には灯璃には考えつかぬような最低の見世《みせ》もあるのだと。

「じゃ、行くか。もうすぐだからな」

気分を切り替えるように陽気に告げた厳信の背中を追いながら、灯璃もまた歩き出した。

先ほどの商店街を抜けて暫《しばら》く歩くと、様相があからさまに変わってくる。まだ未開発の地域というのか、同じ桃華郷の城壁に囲まれた場所とは思えなかった。

緊張に息を呑《の》んだ灯璃は、呆然《ぼうぜん》とするほかなかった。

「ここだ」

大通りから外れた場所にある店に案内され、灯璃の驚愕《きょうがく》は絶望に変わった。

東昇閤のように華やいで風情のある宿ではないことはわかっていたものの、いかにも粗末な建物は極端に薄汚れている。壁に空けられた穴は、覗《のぞ》き穴になっているのだろう。厳信に促されてそこを覗き込むと、奥には裸同然の薄衣《うすぎぬ》を身に纏《まと》った少年たちが横たわっていた。

まだ時間は早いが、通りかかった若い男性が穴から中を覗き、小さく口笛を吹く。

「もうやってんのかい？　じゃあ、相手をしてもらおうか」

にやにやと下卑た笑いを浮かべ、彼は戸を叩いて中に入った。

自分もあの少年たちに交じって売られるのかと思うと、恐怖に足が竦んだ。

「灯璃？」

立ち止まった厳信が振り返ったので、灯璃はありったけの勇気を振り絞って彼の許《もと》へと歩いていく。

「太白家の楼主は、ああいう店を何軒も経営してるんだ」

「……はい」

厳信は何でもないことのように、さらりと告げる。

「東昇閣は四海様の店だから、お上品だけどな。ここは人間の本質がよく出てる」

「人間の、本質？」

「皮一枚をひん剝《む》けば、欲だけが残る」

無意識のうちに灯璃が彼の服を引っ張ったため、「お」と呟《つぶや》いて厳信が立ち止まった。

「怖いか」

「――――ううん」

「怖いって言っても、いいんだぞ」

灯璃は唇をきゅっと嚙《か》み、首を振った。

目頭がじわりと熱く痺《しび》れかけたものの、何とか気を取り直す。

ここで怖いと言ったところで、厳信を困らせてしまうだけだ。

「すみません、何でもないです」

売られることに同意したのは灯璃のほうだったし、今更嫌だとは言えなかった。

へこまれたり落ち込まれたりしては、厳信だって、さぞや後味が悪かろう。

「こっちだ。おいで」

店の裏手に回り、厳信はその場にいた下働きの中年男に声をかける。男は灯璃を一瞥《いちべつ》すると、裏口から室内へと案内してくれた。

見るからに安物の椅子《いす》に座っていたのは、趣味の悪い衣装を身につけた化粧の濃い中年の女性だった。

「遅かったじゃないの、厳信」

「すまんな、遅れて」

「それで、その子が新顔？」

女主人が顎《あご》をしゃくったので、灯璃はなるべく毅然《きぜん》とした態度で胸を張った。

「こっちへおいで。……ふうん、可愛い子じゃないの」

数歩近づいたところでいきなり顎を摑まれて、灯璃はぎょっとする。

だが、口をきつく結んだまま声も出さなかった。

「惜しいわねえ。こういう子は東昇閭あたりで磨けば、それなりに金になるんだけど」

女主人は、灯璃の頬に手を添えて強引に仰向《あおむ》かせる。

「売り主の希望が、窯子に売ることだったからな」

厳信の言葉に、もう慣れたはずなのに、それでも心が痛んだ。

何もかもなくして、傷つくことさえもなくなるほど気持ちは麻痺《まひ》したはずなのに。

なのに、まだ痛いと思う部分が残っているんだ……。

「ふうん……それはまあ、事情があるんだろうけど」

彼女はふうっと煙を吐き出し、灯璃を矯《た》めつ眇《すが》めつ眺める。

「ま、いいでしょ。事情は詮索《せんさく》しないのが、うちのいいところだからね。この子もものになるだろうし。いざとなったら、莉英みたいに売れっ子になるかもしれないわ」

「灯璃です。よろしくお願い申し上げます」

話が途切れたところで挨拶をすると、彼女は皮肉げに口許を歪めた。

「名前なんて、意味がないわよ」

「え？」

怪訝《けげん》な顔で灯璃が問い返すと、女主人は躰を揺すって笑う。

「やだねえ、厳信。ちゃんと説明してあげなかったのかい」

「説明はしたさ。怖がらせない程度にな」

途端に、巌信はばつが悪そうな顔になった。

「そのうち、名前なんてなかったほうがいいと思うわよ。ああ、いっそ心もなかったほうがいいと思えるわ。あんたはただの肉と魂のある道具。ここはそういうところだからね」

残酷な言葉に灯璃は表情を曇らせたが、何を言えばいいのか思い浮かびもしないため、黙っていた。

「じゃあ、今夜から客を取ってもらおうかしら」

「えっ、今夜からか？　そいつは早すぎるってもんだろ。まだ心構えも……」

さすがの巌信も狼狽《ろうばい》した様子になった。

「今日は例祭の夜だからね。初物に大枚をはたく物好きもいるだろうし、早く仕事を覚えさせたほうがいい」

巌信は何か言いたげにしていたが、ここで彼に庇《かば》ってもらったところで、それは苦痛が先延ばしになるだけのことだ。

灯璃は首を振り、巌信よりも先に口を開いた。

「精一杯励むので、よろしくお願いいたします」

「さっきから、挨拶はちゃんとできるんだね。ま、作法なんてのは、うちの店にはいらないことだけど」

ふっと彼女は笑うと、そばに控えていた僮に「この子を風呂に入れておいで」と言った。

「しっかり稼いでもらうよ。厳信、こいつは御足《おあし》にしときな」

彼女は厳信に金の入った袋を渡した。

「おかみ、じつはさ。ちょっと旨い話があるんだが、乗らないか？」

「へえ、どんな話だい？」

早速商談を持ちかける厳信の声を背に、先ほどの中年男に連れられた灯璃はその場を後にした。


寝室に置いた鏡は、螺鈿《らでん》の緻密《ちみつ》な細工が施されている。

こうした丁寧な細工の品々は、陽都の北方に住む部族が雪に閉ざされた期間に作る。輸送に時間がかかるために高額で、贈り物として重宝されている。ご多分に漏れず、これは上客からもらったのだ。

鏡を覗きながら身支度を整えていた聚星は、うっかり櫛《くし》を取り落として舌打ちをする。

「……くそ」

身を屈《かが》めようとしたが、それではゆったりとした衫の裾を汚してしまいそうだ。袖《そで》を捲《まく》り上げようとしたとき、部屋に入ってきた如水がさりげなく声をかけた。

「大丈夫ですか、聚星様」

水を持ってきた如水は、盆を鏡台の前に置くと、身を屈めて柘植《つげ》の櫛を拾い上げた。「どうぞ」とそれを手渡しながら、蒼褪《あおざ》めた顔つきで微笑む。

「大丈夫だ。それより、おまえは寝てろと言ったろう、如水」

真面目なのは美徳だが、如水はもうすぐ男妓として店に出ることが決まっている。しかし、慣れない出局ですっかり疲れてしまったらしく、顔色はひどく悪い。あまりこき使って体調を崩すようなことがあっては、四海に申し訳が立たなかった。

「でも、これから楊《よう》様をお迎えするのですから。粗相《そそう》があっては困ります」

「やれやれ……」

聚星は舌打ちをする。

「楊様、か。面倒な相手を紹介されたな」

宴席に招待されたのは、例の臨家の若旦那だけではなかった。主催であり聚星の馴染《なじ》みの老爺《ろうや》は、楊という名前の年若い青年を連れてきたのだ。

断ろうと思ったのだが、楊は歌も上手く物腰もやわらかい。多少世慣れぬところはあったが、何よりも財力がある。気が向かないからと遠ざけるには、惜しい客でもあった。

こんな気分でなければ、聚星も珍しい人物だと好んで相手をしていただろう。

「手伝いますよ」

聚星が煙管を咥《くわ》えるのを邪魔しないように気遣いながら、背後に立った如水が髪飾りをつけていく。大胆で豪奢《ごうしゃ》な装飾は聚星の美貌によけいに映え、一層華麗なものに見せるはずだ。

「以前から、楊様は東昇閣の聚星様に憧れていたのでしょう。縁とは素晴らしいものではありませんか」

店に出ることがこんなにも憂鬱《ゆううつ》だと思うことは、滅多になかった。

不用意に灯璃に会ってしまったことで、気持ちを掻《か》き乱されているのかもしれない。

「楊様も、こんな日に来なくてもいいのにな」

「出局を頼んだあとにすぐ訪れなくては、珍《ちん》様たちは聚星様に恥をかかせることになります。逆もそうですよ。我慢して、ちょっと顔を合わせるだけでいいんですし」

それくらいは、わかっている。

「我慢、か……俺の考えはそんなにわかりやすいか？」

「お疲れのときだけですよ。普段は何だかんだ言いつつちゃんと引き受けるのに、今日に限ってどうしたんですか？」

「どうってこともない」

聚星が強引に会話を打ち切ると、如水は深追いすることはなかった。

自分は、変だ。

べつに、灯璃のことなど気にかけずともいいはずだ。

もう、自分と彼の縁は綺麗さっぱり断ち切られたのだから。

――だが。

そう思うのに、つい先ほど見せられた、あの不可解な灯璃の態度が忘れられない。

彼の顔立ちも声音もまだ幼さを端々に残しているからこそ、よけいに灯璃に何かあったのではないかと推測できた。

「如水。ちょっと出たいんだが」

「出る？　今から、ですか？　どこへ？」

さすがの如水も、あまりに突飛な聚星の発言に目を瞠《みは》る。

「いけません。万が一、楊様が先に到着なさったらどうするんです？」

「何とかなるだろう」

「一体何があったんですか？　私が、薬を買ってきていただいたせいなんですか」

「そうじゃない」

途端に如水が悲しげな表情になったので、聚星は急いで首を振った。

「ただ、ちょっと気にかかることがあるんだ」

「ならば、私が代わりに出かけましょうか」

如水に言われて、聚星はぎょっとした。

「いや……いい」

自分が太白家に用があると知れば、さすがの如水も驚くに違いないし、代わりに如水を行かせるのも危険だ。夜になると、あのあたりは酔漢《すいかん》も増えるのだ。

あとでこっそり抜け出して、聚星が太白家を訪れたらどうなるだろうかと考えた聚星は、すぐにその可能性を打ち消した。

東昇閭きっての売れっ子である聚星がそんなところを訪れたら、騒ぎになるに決まっていた。おそらく灯璃は居心地の悪い思いをすることになろう。

それでは、いくらなんでも哀れだ。

……馬鹿だな。

こんなふうに気を遣ってやる義理など、どこにもないくせに。

聚星は口許に自嘲の笑みを刻む。

様々なことが枷《かせ》のように、重く聚星の心にのしかかっていた。

5

「おまえ、店に出るのは今日が初めてで、おまけに初物で……何も知らないんだってな」

雑然とした土間に薄汚れた筵《むしろ》。

一日中陽《ひ》が当たらないせいでじめっとした粗末な部屋は寒々とし、灯璃《とうり》はその片隅で膝《ひざ》を抱えて座っていた。

「なあ」

もう一度話しかけられて顔を上げると、灯璃よりも年長の少年が躙《にじ》り寄ってきた。

「お、俺？」

「そ」

少年が妙に色白なのは、こんな薄暗い部屋に長いこと閉じ込められているせいだろう。

「何もって？」

少年たちが身につけているのは粗末な衫《さん》で、どこか垢《あか》じみていて清潔さがない。

妓院といえば東昇閭《とうしょうりょ》のことしか知らぬ灯璃にとっては、この店は何から何まで驚かされることばかりだった。

それでも、この郷に来るまでの半年以上の日々を思えば、人間が生活できる空間にいるだけましなのだろうか。

こんなところに自分を売り飛ばした伯父のことを思い出すと、気分が滅入《めい》る。

何度絶望したかわからないのに、まだ、新たな痛みを覚えることができるのが不思議だった。

これが、伯父の望みだった。

ほかでもなく灯璃自身が、ここまで身を落とすことこそが。

そう思えば、気持ちが荒《すさ》んでくるのも道理だろう。

たった一人味方だった明正《めいしょう》も、遠くに追いやられてしまい、その隙《すき》に売り飛ばされたのだ。

だが、明正ならば、灯璃がいないことに気づき、買い戻すために働きかけてくれるはずだ。

明正がいつか来てくれるに違いないという望みこそが、灯璃にとって唯一の希望だ。それがあるからこそ、今の状況に耐えることができた。

「だからさ、男同士でどうやってするのか、とか」

身を乗り出すようにして話しかけられると逃げ場がなく、灯璃もたじろいでしまう。

「…………」

耐えられずに頬を染めた灯璃に、少年は「可愛いなあ」とけらけらと笑った。

「そ。ま、大丈夫だろ。おまえもすぐに慣れて気持ちよくなるよ。初物だったら、ご祝儀を弾んでくれるお客もいるし」

「冗談？」

「冗談だって」

こんな店だからたかが知れてるけどな、と少年は付け足す。

「でも、そんな隅にいたら目立たないし、声かけてもらえないぜ」

「わかってる……けど……」

でも、怖い。

接吻《せっぷん》は聚星との経験があるだけだったし、他人との情交にいたっては何もわからない。それでも、躰を売らなければならないのだ。

「大丈夫だって。何なら俺が教えてやろっか？」

「ひゃっ」

軽く下肢の付け根を握られて、灯璃の声が上擦る。まるで兆《きざ》していない部分を撫で回されたところで、躰は竦むばかりだった。

「おい、そこの！」

唐突に太い声が間近で響き、灯璃はどきりとする。が、振り返ったのは話をしている少年のほうだった。

「俺？　——あ、また来てくれたんだ！」

少年は戸口から入ってきた若い男に声をかけられ、灯璃からあっさりと身を離した。

「ああ。おまえに会いたくてな」

「嬉しい。うんと楽しませてあげるよ」

「そっちのは？　新入りか？」

「そう。特別料金を払ってくれるなら、二人でもいいよ。この子、初物だし」

へえ、と客は唸《うな》ったものの、すぐに首を振った。

「やめとくよ。初物は余分に花代がかかるからな」

そんな会話をしながら、少年は奥の戸を抜けて隣室へと客を導く。

何が行われるかは漠然とわかっていたものの、閨房《けいぼう》の秘事がここまであからさまになるとは思わなかった。

薄い壁の向こうから、すぐに二人の声が聞こえてきたのだ。

「……あんっ……やだぁ……」

やけに甘ったるい声が後ろの壁から聞こえて、いたたまれない。

動物じみた交わりの声も。息遣いも。

どれもが、灯璃には信じ難いものだった。

自分もあんなふうに声を上げて、脚を開くようになるのか。

なんて……浅ましい。

いっそ、耳を塞《ふさ》いでしまいたい。

だけど、本当はわかっていたことじゃないか。

厳信《げんしん》は道中、男に買われるのがどんなことなのか、その覚悟を少しだけ教えてくれた。

病気のこととか、嫌な客のこととか、どうしたらそんなに痛くないのか——とか。

きゅっと唇を嚙み締め、蒼褪《あおざ》めた顔で灯璃は覗き穴を見やったが、外はそう明るくもないので、どんな男性が覗き込んでいるかまではわからなかった。

恐ろしかった。

どうしてこんなことになってしまったのかと、嘆くことは簡単だった。

だけど、嘆いていても何も変わらない。

すべての悲しみと後悔の念は、故郷に置いてきたはずだった。

自分にできるのは、ただ、母の幸せを祈ることだけだ。

——なのに。

昏《くら》い表情で俯く灯璃は、もう一度自分の膝をぎゅっと抱き込む。

誰かが自分に声をかけてくるだろうか。

買ってもらえるのだろうか。

いや、本当にそれを自分は望んでいるのか。

緊張と恐怖の双方に晒されていたが、灯璃に声をかけてくる者は一人としていなかった。

「ったく、おまえさあ……三日目にもなって、全然、誰にも買ってもらえねえのな」

太白家《たいはくや》は、深夜に閉まることになっている。

くたくたになるまで働いた男妓に皮肉げに言われて、寝転がっていた灯璃は俯いた。

「普通、初物ってだけでもう少し人気が出そうなもんだぜ」

粗末な筵《むしろ》を床に敷き、その上に寝るというのもひどく堪《こた》える。寝返りを打つ気力も起きないような、粗悪な寝床だった。大体、寝返りを打つとほかの男妓と躰がぶつかってしまい、翌日ひどく嫌味を言われるのだ。

「ほんとだよなあ。顔はいいのによ」

もう一人が嘲《あざけ》るように呟き、灯璃の顎をぐっと摑む。

「顔だけよくても色気がないんだろ、色気が」

忌々しげに言われて、灯璃は黙り込んだ。

その態度が癪《しゃく》に障るらしく、青年の一人が灯璃を小突いた。

「俺らが教えてやろうか？　色気ってのはどういうものなのかをさ」

「そいつはいい」

げらげらと笑いながら言われて、灯璃はぎょっとする。思わず後退《あとずさ》ったのが腹に据えかねたのか、青年が灯璃をその場に押し倒した。

「うわっ！」

上擦った声を上げる灯璃を見て、彼らは下卑た声を上げて笑った。

「押し倒されたぐらいで驚くなよ」

「で、でも……！」

袴《はかま》を脱がされそうになり、灯璃は怯えてじたばたと踠《もが》く。

「痛ッ！」

灯璃の足が胸にぶつかったため、青年は不快そうな顔つきになった。

「教えてやるって言ってんだろ」

「このまま全然売れないならさ、俺たちで便利に使ってやりゃあいい」

一人が提案すると、連中はどっと笑う。

冷たい汗が背筋を伝い落ち、灯璃は心の底からぞっとする。ここにいる連中は、灯璃の仲間でもなんでもないのだ。

「このままただ飯食らってられるわけがないってのは、わかるんだろ？」

「おまえが稼がない分、誰が養ってやってると思ってんだよ」

苛々した様子で言われて、灯璃は抵抗の手を緩めてしまう。

そこを衝《つ》かれると、痛かった。

細々とした生活費は、稼ぎから引かれることになっている。だが、灯璃自身には稼ぎがまったくないため、今は借金の上に借金を積み重ねている状態なのだ。

「言っておくけど、おまえみたいな売れない男妓なんぞ、うちには置いておけないんだからな」

「そうなったらどうなるかわかってるか？　窯子より酷《ひど》い店にやられるんだぜ」

「窯子より……？」

ここよりも酷い店なんてあるのだろうか……？

灯璃の心境を見透かしたように、相手は声を落とした。

「見世物《みせもの》小屋みたいなところだよ。この郷の外れにある。何しろ、手足をわざと切り落として、そういうのが好きな相手に売るんだぜ。信じられないだろ」

「……嘘」

「嘘なもんか。ここで稼げないとなったら、あのおかみは平気でやるぜ？」

ばくん、と恐怖に心臓が震える。

「おまえの前にもいたよな、そういうの。顔ばっか綺麗で使えなくてさ。結局、あれを切り落とされて……」

一体何を切り落とされたのかと聞こうとしたところで、人の足跡が響いてきた。

「あんたたち、何やってるんだい！」

開け放った扉の向こうから女主人の声が響き、連中は顔を上げた。

「まったく……そんな元気があるなら、あと一人でも二人でも多く客を取りな」

彼女は男妓たちをぎろりと眺め回すと、灯璃に向かって「来な」と顎をしゃくった。

灯璃がおずおずと彼女の後を追いかけると、最初の日に通された応接室に連れていかれる。

彼女は椅子に座り込むと、「ふうん……」と呟いた。

「すみません」

灯璃は躰を二つに折り曲げるようにして、丁重に頭を下げた。

今の男妓との会話が頭に残っていて、到底、平常心でいられそうになかったからだ。

「ちゃんと頑張るから、もう少し待ってください。ほかの店に売るのは……」

「なんだ、もう聞いてんのかい」

彼女はすうっと目を細めた。

「それなら話が早いね」

自分にこの店で躰を売るための適性がないというのは、灯璃にもわかり始めていた。

一昨日も、昨日も、今日も……三日間ずっと店に出ていたのに、自分を買ってくれる客は一人としていなかった。

——誰にも買ってもらえないくせに。

そう罵倒《ばとう》されると、事実だけに、灯璃には何も言えなかった。

この場末の売春宿にいるのも、今の灯璃にとっては針の筵だった。

だけど、自分に何が欠けているのか、灯璃にはわからない。

もっと婀娜《あだ》っぽい仕種《しぐさ》ができたり、しなをつくったり、そういうことができなくてはいけないのだろうか。

だけど、まだ羞恥心《しゅうちしん》が先に立って、ほかの皆のようにいやらしい姿態もできないときている。順応できないことが我ながら情けなくて、悔しかった。

「お、俺、別の店に売られるんですか？」

「そうだよ。嬉しいだろ？」

「嫌だ！」

灯璃は思わず声を張り上げる。

「嫌？　こんなに条件のいい話はないよ」

「そんなわけが……！」

「ひでえな、灯璃。俺の持ってきた話が旨《うま》くないって言うのかよ」

不意にそんな声が聞こえて、灯璃は慌《あわ》てて振り返る。戸口には、腕組みをした厳信が立っていた。

「厳信……！　どうして……？」

厳信がにやにやと笑いながら自分の顎を撫でたので、灯璃は肩を落とした。

自分はまた、裏切られるのだ。

あのときのように。

やわらかな心に、刃《やいば》を突き立てられたような気がする。

まだ、残ってる。傷つく余地が。

だけど、厳信を恨むのは筋違いだ。

人を見る目がないから騙《だま》されるのだと、学んだばかりではないか。それを生かすことができない、灯璃がいけないのだ。

「厳信はなかなか商売上手でねえ。あんた、この郷に来るのは初めてじゃないんだって？」

「え……ええ、まあ……」

「それがわかったから、あちらさんにちょっと吹っかけてみたんだよ。おかげで時間がかかったけど、店に出してるからいつでも客を取れるって言ったのが効いたみたいでね」

「俺も灯璃を一旦《いったん》は窯子に売ったことになるし、おかみは濡《ぬ》れ手に粟《あわ》で差額を稼げるって寸法だ」

どういうことなのか、よくわからなかった。

けれども、女主人は灯璃を売ったことに満足しているようだし、文句を言えるような立場でもなかった。

店に勤めている下働きの男が、灯璃の荷物をまとめて運んでくる。半ば呆然としたままそれを受け取り、灯璃は沓《くつ》を履いて厳信の後をついていった。

「こんな時間に、移るんですか？」

「おう。俺は、明日の朝早くに磬《けい》へ向かうんだ。その前に引き渡したいからな」

「………」

灯璃は俯いた。

「ん？　気が進まないのか？」

星明かりの下、華やいだ音曲の途絶えた通りは静かなものだった。特にこのあたりはうら寂れており、店から漏れる灯《あか》りもほとんどない。

「買い手が決まるまではおまえに客を取らせない約束だったが、おかみがあちらの店に圧力をかけたがってな。それで、店には出させたから、おまえには怖い思いをさせちまって……怒ってるのか？」

厳信は気遣わしげな声で問う。

これからもっと酷い店に売る相手に、気を遣わなくてもいいのに、と灯璃は諦念とともに考える。

「ううん、全然。そうじゃないです」

「女衒《ぜげん》なんざ、因果なもんだからな。商売の種になる女を転がして、金をつくる」

「だったら、女衒なんてやめればいいのに」

「どうせ躰を売らなきゃいけないなら、少しでもいいところに連れていってやりたいだろ」

優しい声音が、灯璃の心に染み込んでいく。

だけど、それは見せかけだけの優しさだ。

灯璃はこれから、厳信の手で、今まで知らなかったようなおぞましい店に連れていかれるのだから。

「腕とか足は……残しておいてほしいです」

「ん？」

不穏な灯璃の言葉を聞き、厳信は訝しげに振り返った。立ち止まった彼の顔は困惑に満ちている。

「どういう意味だ？」

「これからは、そういうの……切り落とさなくちゃいけないって……聞いたから。でも、そんなことされたら、仮にここから出られることになったとき大変なことになる」

そうでなくとも、明正が自分を助けるために奔走《ほんそう》していると信じている。その日が来るまでは、希望を捨てずに頑張りたかった。

「切り落としたいのか？」

問われて、灯璃はぶんぶんと勢いよく首を振った。

病気や特別な事情があるならまだしも、そんなことは絶対にしたくない。親からもらった躰に、意味もなく傷をつけるわけにはいかない。

「安心しろよ。そういう趣味の奴は、あの店にはいないからさ」

それはそれで、先ほどの者たちの話とはだいぶ違う気がする。怪訝な顔つきになった灯璃は、漸《ようや》く自分がいる場所がどこか気づいた。

「ここ……？」

すぐ近くに東昇閭の瀟洒《しょうしゃ》な門構えが見え、灯璃は心底動揺を覚えた。

「おう」

「どうして……？」

灯璃の嘘をばらしてしまうつもりなのか。窯子よりも底辺の店に売られる惨めな姿を、聚星に見せろとでも言いたいのか。

だとすれば、厳信はあまりにも酷すぎる。

そんなことは、絶対にしない相手だと信じていたのに。

「どうしてって、おかみに聞いてんだろ？」

「聞いてますけど……でも……」

胸が掻きむしられるみたいだ。

「聚星付きの僮《どう》になれるかはわかんないけどな。でも、あの店にいるよりはいい」

すぐには理解しかねることを口に出されて、灯璃はぽかんとした。

「聚星付きって……？」

「ん？　ここでは見込みのある僮は、それぞれの男妓専属になるんだ」

「どういうこと？　なんで東昇閣が関係あるの？」

「おまえはここに売られたんだ。おかみに何を説明されたんだよ」

灯璃は目を丸くして、厳信を見やる。

「嘘！」

「嘘ついてどうすんだ。この俺が、おまえみたいな別嬪《べっぴん》を埋もれさせないようにって、心を砕いてやった結果だぜ？」

どうしよう。そんなこと、全然聞いていない。

言葉をなくした灯璃の気持ちを誤解したのか、厳信はにやりと笑う。

「如水《じょすい》って覚えてるか？　あいつがそのうち水揚げされて男妓になるから僮が足りないんだよ。おまえなら、見てくれは申し分ないからちょうどいい。どうせこの郷にいるのは聚星に知られちまったんだし、ここのほうが俺も安心できるからな」

「でも……俺……」

灯璃は俯きがちに厳信の袖を引いた。

「何かまだ、文句あるのか？」

「聚星には、もう……会えないよ……」

人一倍約束を重んじる聚星に、会う自信がなかった。

自分を待つと信頼してくれた人に対して、合わせる顔がない。成人しても髪型を変えないのは、簡単に騙されてしまった幼く愚かな自分を戒めるためだ。自分は大人になったと胸を張って言える日まで、このままでいるつもりだった。

「——灯璃」

厳信の目が優しく和《なご》む。

「一度ついた嘘だがら、つき通したほうがいいのか？」

「……うん」

「だったら、おまえがいいって言うまで、四海《しかい》様には聚星に事情は話さないでもらおう。嘘が嘘だってばれるときには、おまえもこの廓に馴染んでる。聚星とも上手くやれてるさ」

厳信の言葉は確信に満ちていて、力強い。

「いいんですか？」

「本当のことは話さなければ、四海様も嘘をついてることにはならないからな」

灯璃は厳信の言葉に勇気づけられるように、こくりと頷《うなず》いた。

「よし、行こうか」

歩き出した厳信の背中を追いかけ、灯璃は声をかけた。

「厳信」

「ん？」

「言うのを忘れてたけど、ありがとうございました」

厳信は一度目を瞠って、顔をくしゃくしゃにさせて笑う。

最初に馬車に乗り合わせただけの縁で、彼は自分をこうして助けてくれる。そのおおらかさが嬉しい。今は、彼を信じられることが有り難かった。

6

鮮やかな衫《さん》に身を包んだ聚星《しゅうせい》は、一階の奥にある四海《しかい》の居室へ向かう。

細かな玉をつなぎ合わせた簾《すだれ》をくぐり抜けると、しゃらんと玉同士が当たって涼やかな音を奏でる。

その一角に寝そべり、四海は桜の花を浮かべた茶をのんびりと飲んでいた。周囲には美童を二人ばかり侍《はべ》らせ、団扇《うちわ》で煽《あお》がせている。

「――四海様」

「おや、聚星。何か用かの」

相変わらず、考えの読めぬ人だ――と、聚星は思う。

子供の格好をしてはいるものの、実際に彼の年齢は聚星などをとうに超えてしまっていることくらい周知の事実だった。

「お願いがあるのですが」

佇《たたず》む聚星は不機嫌さを隠すこともなかったが、かといって、仙人に対しては丁寧な口調を保つ。四海に対してこういう態度になるのは、彼がこの東昇閭《とうしょうりょ》の楼主《ろうしゅ》だからではなく、敬うべき神仙であるからだった。

「そろそろ、如水《じょすい》が男妓として店に出る日が近づいています。俺付きの僮《どう》がいないのは困るのですが」

「お願い？」

「それくらいは考えておる」

四海が手を伸ばすと、美童の一人が優雅な挙措《きょそ》で煙管《きせる》を手渡す。

「でしたら、新しい者を雇っていただけませんか」

「新しい者？　おまえの僮ならば、未経験の者を雇うわけにはいかぬだろう？」

「いえ、相手次第ですが、自分で教育することを考えます」

「……ほう」

煙管を咥えた四海は、にやりと笑った。

「面倒くさがりのおまえが自分で育てるとは、の。どういう心境の変化じゃ」

「いけませんか」

三日間、考えた末の結論だった。

灯璃《とうり》の様子がおかしかったし、早く助けてやったほうがいいのはわかっている。だが、彼は自分との約束を違えたうえ、本当のことを絶対言おうとしない。ならば、手を差し延べてやる理由はないはずだ。

それでも、恩義のある一族ゆかりの者をあのひどく澱《よど》んだ空気の中に浸《つ》からせてしまうことが嫌で、四海と話をつけることにしたのだ。結局、己は甘すぎるのだと聚星は自嘲した。

「悪くはないぞ。有り難いことだ」

四海があっさりと認めたことにほっとしたのも束の間、聚星は、次の彼の言葉に失望する羽目になった。

「だがな。じつはもう、手配を済ませたのだ」

「え？」

完全に虚《きょ》を衝《つ》かれた聚星は、間の抜けた声で問い返した。

「さっさと手配しないと面倒なことになると、昨日のうちに新しい僮を買ってきたところだ。未経験の者なので、どうやっておまえを説得するのか迷っていたのじゃ」

「――――そう……ですか」

だとしたら、灯璃を手元に置くことは叶《かな》わなくなる。

しかし、食い下がれるようなことでもない以上は、きっぱり諦《あきら》めるほかない。

太白家《たいはくや》に行くのを選んだのは、ほかでもない、灯璃自身なのだ。

あの世界を見て生きる厳しさでも学べばいいのだ。

いかに恩義のある関《かん》一族の御曹子《おんぞうし》とはいえ、自分にできることは、すべてしたはずだ。

元はといえば、遊廓通いなぞせぬように厳しく突き放してやったのだから、あのときに灯璃は諦めるべきだったのだ。心中にさまざまな思いが過《よ》ぎったが、どれも納得できなかった。

「折角《せっかく》なので、わしが見立てた者に会っておけ」

身を起こした四海は椅子の上で胡座《あぐら》を掻き、聚星をちらりと見上げた。

「はい。わざわざありがとうございます」

慇懃無礼の一言に尽きる口調で、聚星は言ってのけた。

「……機嫌が悪いな、聚星。外に行かせたのを怒っているのか」

茶を啜《すす》った四海は、からかうような口ぶりになる。

子供のように見えるから、四海はたちが悪い。本当はすべてを見通しているくせに。

「あれは単なる営業の一環。怒るわけがありません。あなたこそ、滅多《めった》に受けないくせに、珍しい」

「たまにはよかろう。珍しい者も見られたろう」

あの磬《けい》の王子――翠蘭《すいらん》のことか。

何が面白いのかにこやかに笑った四海は、茶碗《ちゃわん》を卓上に戻し、軽く手を叩いた。

「これ、如水」

「はい、四海様」

しゃらんと簾が揺れ、畏《かしこ》まった表情でやってきた如水の背後には、華奢な少年の肩が見え隠れしている。

——まさか。

「こちらへ、二人とも」

質素な淡色の衫に包まれた、華奢な肢体。大きな瞳と、桜色の唇。頭の左右で髪の毛を縛り、二つの尻尾《しっぽ》のようにした少年には確かに見覚えがあった。

微かに蒼褪《あおざ》めているのは、緊張しているのだろうか。

「……灯璃！」

目を瞠《みは》った聚星は灯璃に視線をくれたあと、すぐさま向き直って四海を睨みつける。

「どういうことですか、四海様」

「どうと言われても、な。関一族ゆかりの者ならば、おまえも無下にはできんだろう」

「そうではありません。灯璃は太白家に売られたのではなかったのですか」

「おや、知っていたのか」

途端に四海の口ぶりが楽しげになったので、聚星は苛立ちを覚えざるを得なかった。

この狸《たぬき》め……。

「おまえさえよければ、灯璃をおまえ付きにする」

「嫌だと言ったら？」

「太白家に戻すか、厳信《げんしん》に頼んで売り飛ばしてもらうことになるな。新たに、おまえの納得する相手を雇わねばなるまい」

さすがに四海に八つ当たりをするわけにもいかなかったため、聚星はじろりと灯璃を睨みつける。事情は不明だが、四海を巻き込む以上は、見習いという立場に嘘はないのだろう。三日前に町中で会ったときよりも、更に痩せてしまったようだ。膚《はだ》はかさかさだし、生気というものがない。太白家にいたことが、相当灯璃の精神に負担になったはずだ。

だから、灯璃は馬鹿なのだ。

見習いをする店をもっと吟味すればよかったのに、どうしてよりによってあんなところにしたのか。厳信の斡旋《あっせん》もろくなものではないと、聚星は内心で悪態をついた。

まだこの胸に、灯璃の笑顔が残っている。

最初に真っ直ぐに自分を見つめた、一途《いちず》な瞳が頭にこびりついて離れなかった。

「ああ、もしくは、莉英《りえい》が気の利く者を欲しいと言っておったし、莉英付きにしてもよい」

「莉英の……」

聚星は表情を曇らせた。

たたき上げの娼妓《しょうぎ》である莉英は、気の利かない人間を心底嫌う。灯璃のようなお坊ちゃん育ちの相手がそばにいたら、きっと苛立ち、虐《いじ》め抜くに違いない。

それはそれで、寝覚めも悪かった。

「……わかった」

ぶっきらぼうな口調になってしまったため、聚星は言い直した。

「わかりました、四海様。灯璃を俺のそば付きにします」

「引き受けてくれるか」

「はい。――その代わり、条件があります」

「条件？」

四海は眉を顰めた。

「ものにならなかったら、いつでも解雇する権利をください。無駄飯を食わせる余裕はありませんし、もっと頑張る人間だって多いはずです。借金は別に取り立てればいい」

「よかろう。灯璃のことはすべて、おまえに任せる」

重々しく頷いた四海に、聚星は「わかりました」と口許に皮肉げな笑みを刻む。

見習いなら、好都合だ。できるだけ厳しく接して、この郷から追い返してやろう。

そんな意地悪なことを考えてしまうほど、どうしようもなく苛々している。

どうしてそんなふうに、灯璃は聚星の神経を無駄に逆撫でしようとするのか。

普段は冷静な自分の心を呆気《あっけ》なく乱されたことにも、聚星は苛立っていた。

「頼んだぞ、聚星」

どこか楽しげな四海が気に入らないが、せいぜい厳しく接するだけだ。

「では、失礼いたします。――灯璃、こちらに来い。如水もだ」

「はい、聚星様」

聚星は灯璃と如水の双方についてくるよう命じると、階段を上がっていく。そして、二階の一番奥にある自室へ来るよう告げた。

東昇閭の二階は、それぞれの男妓たちの私室と仕事部屋を兼ねている。これらをいかに美しく飾り立て、客をもてなすかは各々の男妓たちの腕にかかっていた。部屋の豪奢さを競う者もいれば、聚星のようにできるだけ華美になりすぎぬようにまとめ上げる者もいる。それはどちらがいいというわけではなく、本人の好みの問題だろう。

聚星が宛《あて》がわれた部屋は、二階でも一番奥の大きな部屋だった。ここは最も稼ぎのいい男妓のための部屋で、聚星は三年前にこの部屋を与えられ、以後、不動の地位を保っている。

「わあ……」

懐かしいとでも言いたげな様子で、灯璃が部屋の中を見まわす。頰を紅潮させてあたりを眺める様は、昔と変わらぬ無邪気さが垣間《かいま》見えた。

見習いとしてここに来た事情を、灯璃の口から聞きたかった。話しやすくなるように、もう少し優しくしてやったほうがいいのだろうか。

いや、お坊ちゃん育ちの灯璃に掃除や洗濯ができるわけがない。長続きせずに、逃げ帰るのが関の山だろう。それでも、太白家に置くよりはまし――その程度のことなのだ。

「おまえの仕事は、この閭《りょ》の中を快適にすることと、俺の生活の手助けをすることにある。

炊事はともかくとして、洗濯も掃除も、おまえに任せることが多い。いいな？」

「わかりました」

灯璃が神妙な顔でこっくりと頷く。

二人の話を、如水は何も言わずに聞いていた。いや、何か言いたいことはあるのかもしれないが、黙りこくったままだ。

「ご飯はどうするんですか？」

「食事は厨房《ちゅうぼう》で作ってくれるから、問題ない。適当な時間に、俺も食いに行く」

「はい」

灯璃は真剣な顔で頷く。

「詩も歌もできねばならぬからな。師匠について習わせる」

「そんなこともですか？」

「見習いに来た割には勉強不足じゃないか」

ちくりと嫌味を放ってから、聚星は冷たい口調で告げた。

「自分付きの僮に教養がなく、機転も利かないとなれば、俺の恥になるからな」

「わかりました。よろしく、お願いします」

灯璃は頭がいいという触れ込みだったし、何かしら美点はあるのだろう。

「今日は客のない日だ。如水と一緒に、ほかの連中を手伝ってやれ。——如水、灯璃を頼めるか？」

「はい、聚星様。──おいで、灯璃」

如水の台詞《せりふ》の後半は灯璃に向けられたものだった。はい、と小さく返事をした灯璃は立ち去ろうとして、思い出したようにくるりと振り返った。

「──あの、聚星」

「俺はおまえの直接な上司になるんだ。呼び捨てでいいわけがないだろう」

「聚星、様」

縋《すが》るようなまなざしが、一瞬、聚星を捉《とら》える。

その刹那《せつな》、かつての灯璃の面影が彼の上に過《よ》ぎったような気がする。

灯璃の中に残されたやわらかな部分の存在を思い知り、聚星はなぜか息苦しさを覚えた。

「ふつつか者ですけど、精一杯頑張ります。よろしくお願いいたします」

頭を下げるところは付け焼き刃にしてはなかなかよくできていると、聚星は更に苦々しい気持ちになった。

だが、こんなことで見直してやるわけにはいかない。

聚星が返事をしなかったので、灯璃はどうすればいいのかわかりかねたらしく、視線を彷《さま》徨《よ》わせている。

その世慣れぬ風情にわずかばかりの愛しさがぶり返しそうになったが、素直に褒めてやる

義理もなかった。

代わりに口を衝《つ》いて出てきたのは、まったく別の質問だった。

「おまえ、本当に、見習いになるためにここに来たのか？」

「そう、ですけど」

途端に、何を逡巡《しゅんじゅん》しているのか灯璃の言葉は歯切れが悪くなる。

「本当のことを言っても構わないんだ。話してみろよ」

何か事情があるはずだと、この期に及んでも考えている己の甘さを嘲笑いつつも、灯璃に話しやすくしてやろうと、いつになく優しい声になってしまう。

「何もありません」

尤も、彼が仮に売り飛ばされてきたとしても、わざわざ見習いになったと嘘をつく理由がないはずだ。見栄を張っているのかもしれないが、灯璃がそんなことを気にするとは思えないし、富農の御曹子がよもや売られたということはないはずだ。

そのくせ、すべてがちぐはぐなのだ。

憧《あこが》れていた聚星に会うにしては、灯璃の表情に弾けるような明るさがないことが気になっていた。

聚星に会いに来る者は、たいてい、もっと嬉しそうな反応をするものだ。

会いたくて、焦がれて、切実な思いに駆られてやってくる。

しかし、灯璃は違う。そこにあるのは躊躇《ためら》いにも似た不可思議な戸惑いだった。

「それにしたって、怯《おび》えてるじゃねえか」

「それは……太白家がちょっと怖かったから。こんなに早く聚星様のところに来れて、俺、運がいいです」

彼のはっきりとした口調は、かつてとあまり変わりがない。そのことに安堵《あんど》すると同時に、悪びれぬ灯璃の態度に聚星は失望を覚えた。

「あれから、女の扱いはわかったのか？　もしくは男とは寝たか？」

聚星の問いに、灯璃は真っ赤になって「どっちもまだです」と呟いた。

初物のままということは、彼が太白家でも見習いだったことを裏付けていた。

「わかったから、如水のところへ行け」

「はい」

俊敏に身を翻した灯璃のほっそりした背中には、確かに一年の重みを感じさせるだけの成長が見える。

だが、それも躰だけのことなのだ。

しかし、灯璃の言葉が真実ならば、彼の本質は未《いま》だに浅はかで、たかだか聚星に会うために、店もよく吟味せずに見習いとしてこの桃華郷《とうかきょう》に来てしまうくらいなのだ。

「……くそ」

聚星は椅子に腰かけて、忌々しげに吐き出した。

そしてまた、己が灯璃に更に失望していることに気づいて、聚星は自嘲した。

この遊廓に来て十年以上。

多くの人々と顔を合わせ、膚を重ねてきたくせに、たった一人の人間の心根さえも見抜けなかったというのか。

お笑いぐさだ。

どうして、あんな幼い少年に期待してしまったのだろう。

出会ったばかりの頃、一族のために必死になる灯璃に、かつての自分自身の姿を見てしまったからか？

聚星がこの遊廓に売られてきたのは、十四のときだった。

売られたといっても、自分の意思で男妓になったのだから、後悔はない。

もともと聚星は磬《けい》に住む地方官吏の息子だったが、父は疑り深い磬王に謀反の疑いをかけられ、一族は攻め滅ぼされたのだ。

なすすべもなく、聚星は親友の厳信とともに、命からがら逃げ出した。

彷徨《さまよ》った挙げ句、聚星たちは楽《がく》にある孤児のために作られた家に辿《たど》り着いた。しかし、孤児たちが多すぎてすぐに経営が立ちゆかなくなり、その施設に恩義を感じていた聚星は自分の容貌《ようぼう》を生かして運営資金を得ることにしたのだ。

それが、男妓として桃華郷の妓院《ぎいん》に身を売ることだった。

厳信は最初は嫌がったのだが、女衒《ぜげん》に中間搾取されるくらいならば、仲間が売ってくれたほうが儲《もう》けをすべて施設に渡せるから、と説得した。

その道中で会ったのが、灯璃の祖父に当たる関の大旦那だった。

彼はたまたま桃華郷に出向く途中で、聚星たちと知り合った。

いささか浮世離れしている御仁だったが、優しくて懐《ふところ》が広く、素晴らしい人だった。

一時の情だけでは聚星たちを救うことができないから、と、代わりに事細かに桃華郷のしきたりを教え、目指すならば東昇閣がいいとも忠告し、少なからず支度金を出してくれた。

彼と知り合っていなかったら、聚星は安く買いたたかれるか、それこそ太白家のような店に行っていたことだろう。

言われたとおりに初めて東昇閣を訪れたときは、桃華の郷で一番の格式を誇る美しい外観と娼妓たちの絢爛《けんらん》たる様に圧倒され、四海が本当に自分を買ってくれるとは思わなかった。

だめでもともとのつもりで面会を申し込むと、四海は聚星を見て「おまえはものになる」と言い、思ってもみなかった高値で買い取ってくれたのだ。

以来、どんなに辛いときでも、いつかこの郷を出るためだと聚星は耐えてきた。

——何のために……？

あれから聚星の稼ぎで施設の状況は安定したと聞いたし、聚星自身も桃華郷では揺るぎない地位を手に入れた。

自分と寝たくて身を持ち崩す者も、すべてを失う者もいる。

溢れるほどの金を得た聚星は、売上げの多くを施設に送っている。

しかし、変わり映えのしない日々を繰り返すうちに、いつのまにか、聚星は変わってしまった。

この苦界《くがい》から抜け出す気力を失っている。

否、抜け出すつもりがないというべきか。

ここでの暮らしは安穏としていて、決して変わることのないぬるま湯のようなものだ。

自尊心と躰を切り売りしていれば、何もかもが麻痺してくる。

いつか聚星の容色も衰え、そのときにはまた身の振り方を考えなければならなくなるだろう。

そのとき、自分がどんな生き方を選ぶのかはわからなかった。


「みんな。彼が、今日から入った灯璃です」

如水は灯璃を自分の傍らに立たせ、少年たちに紹介をする。

顔合わせの場所は、かつて灯璃が娼妓の中から相方を選べ、と言われた例の広間だった。

あのときは淫靡《いんび》な華やぎがあると思った部屋は、こうして昼間見てみると、調度品は贅沢《ぜいたく》だが、特にどうということはない。

如水は十名ほどの僮の中で一番年長のようで、丁重な言葉遣いながらも、仕種や表情にはかの者とは違う落ち着きがあった。

「聚星様のお付きになる予定だから、仲良くしてください」

おっとりとした口調で如水がそう紹介すると、どよめきが上がった。

「聚星様の!?」

「嘘だろ……あんな新参者に」

「聚星様の僮は俺がやりたかったのに！」

口々に少年たちが言うのが聞こえ、灯璃は押し黙った。

聚星は客のみならず、この閭で働く少年たちのあいだでも人気が高いようだ。

どこがどうと説明できないが、聚星には他人を惹きつける魅力がある。

凜《りん》とした気高い態度と、懐の広さが理由なのだろうか。

「静まりなさい。とにかく、誰でも右も左もわからなかった時代はあるのだから、いろいろ教えてやりなさい。小豊《しょうほう》、頼みましたよ」

「かしこまりました」

小豊と呼ばれた長身の少年は頷き、如水の背後に控える灯璃に向かって一人だけ人懐っこい笑みを浮かべた。

尤も、灯璃自身がほかの仲間たちから好意を持たれていないというのは、冷ややかな視線からも明白だった。

少年たちから見れば、いきなりやってきた灯璃が聚星付きになる予定だというのが腹立たしいのだろう。

灯璃にとっても聚星のそばに控えねばならないというのは、気鬱《きうつ》だった。

代われるものなら、誰かに代わってほしいくらいだ。

そばにいれば、いろいろぼろが出てしまうような気がする。

惨めでみっともなくて、情けない自分を隠すことができるだろうか。

聚星のそばにいると、一年前の自分に戻ってしまって、弱いところを晒しそうになるのに。

「行こう、灯璃」

「はい」

小豊に促されて、灯璃はこっくりと頷いた。

「まず、午前中は一階の掃除、午後になると男妓が起きてくるから、そうしたら皆さんの部屋の掃除をすることになる」

「わかりました」

「ああ、敬語じゃなくていいよ。俺も、三か月前に来たばっかりだし」

小豊は優しく告げる。

「え……そうなの？」

「うん。俺もやっと慣れてきたところ」

あっけらかんとした、気取りのない口調が親しみやすい。

「俺は農村の出なんだけど、戦で村が焼けちゃってさ。父ちゃんは事故で死んじゃったし、家族は養わなきゃで、困って売り飛ばされたんだよな。前は別の閨にいたんだけど、四海様が見出《みいだ》してくださって、ここに移ったんだ」

「四海様が？」

「そう。これでも歌や楽器が得意なんだよ、俺。それでお師匠が、四海様に紹介してくれたんだ」

「ああ……」

そういう特技ゆえに見出され、抜きん出ることもあるのだろう。

「で、灯璃は？」

「俺は……ちょっと」

「そう、か。まあ、どうやって売られたかなんて、話せるようになるまで時間かかるよな」

小豊は小さく笑った。

「とりあえず、この閨のことを話すよ。――男妓はそれぞれこだわりがあるから、お茶に何の花を浮かべるかとか、衣服に焚《た》きしめる香の種類も覚えて、そのとおりにしなきゃいけないんだ。閨に用意する薬もそれぞれ違うし」

何の薬かわからないが、とりあえず灯璃は大きく頷いた。

「それを覚えるのが一番大変かなあ。自分のおそば付きの男妓のことだけ知ってりゃいいってもんでもないしな。如水くらいになると、聚星様の世話だけしていればいいから、そういう苦労もないいんだけど」

「はい」

「風呂はたいてい、蘭《らん》の花を浮かべるんだ。こうすると膚がいい香りになる。……で、風呂と厠《かわや》の掃除も当番だから。一日交替で、大体七日に一度当番が回ってくる」

「そっか……それで……」

聚星からはいつもいい香りがすると思っていたけど……そういうことだったのか。てっきり香を焚きしめているのだろうと考えていたので、そんなところでまで工夫しているとは、思ってもみなかった。

「俺たち下働きは、風呂に入れるのは最後だけどな」

風呂には入れるだけましなのだから、問題なんて欠片《かけら》もない。特に、太白家はうんざりするほど不潔だった。

「あとは……あ、そうだ。聚星様は怖い方じゃないけど、同じ間違いを二回するとすごく怒られるから、気をつけたほうがいい」

「わかった」

何か問題が一つでもあるとすれば、それは。

聚星のそばにいることに、自分が耐えられるかという点に尽きるだろう。

約束を破られる辛さも、裏切られる悲しさも、どちらも知ってしまったから。

だからこそ、聚星との約束を破ってしまったことに、こんなにも心が痛むのだ。

「じゃ、ちょっと歩こう。閤の中のことを説明するよ」

「お願いします」

玄関をくぐってすぐのところには、初めて灯璃がこの閤を訪れたときに通された、応接間がある。先ほど皆に挨拶したのも、この部屋だった。

その向かいは更に広々とした大広間になっており、水揚げの祝宴など、多人数が集まる酒宴に使われるのだという。

二階には十名ほどいる男妓の寝室や書斎があり、その広さは娼妓の格によって決まる。

当然のことながら、聚星には一番居心地がよく広い部屋が与えられていた。

各々の部屋に置かれた香炉や盆栽、書籍といったものは客からの贈り物で、男妓の私物となる。彼らはそこにいかに素晴らしいものを置くかを張り合っており、その趣《おもむき》が男妓の質を判断する材料になるのだとか。

男妓たちも自分のことは自分でするが、時として僮にあれこれ頼むので、彼らの命令に素早く応じられるよう、特に担当する男妓が決まった僮たちの部屋も二階にある。尤も、暫く如水がいるので、灯璃は敷地内の寮で共同生活を送ることになった。

如水が男妓に格上げになったあとに、聚星が灯璃を取り立ててくれるかどうかは、灯璃の働き次第だった。

「よし、じゃ、廊下の掃除からやろっか」

「うん」

いっそ、聚星に嫌われてしまいたい。呆れられたい。

だから嘘をついたのだ。

大人になって、会いにくると約束した。だが、嘘を嘘とわかるようになれと言われたのに、偽りを見抜けぬままに騙され、売られてくる羽目になったのだ。この体たらくでのこのこと顔を出せるほど、厚顔にはなれなかった。

見習いにきたと言えば、聚星のことだから、灯璃がお坊ちゃまの我《わ》が儘《まま》でこの遊廓に来たと思うだろう。

まさか、親しい人間に……信じていた伯父に売り飛ばされたなんて、夢にも思わないに違いない。

四海が口裏を合わせてくれたのが意外だったが、そのことが有り難かった。

金や財産をずっと狙われていたなんて、おめでたい灯璃は裏切られるその日まで、まったく気づかずにいたのだ。しかも、あえて窯子を指定して売られるほど嫌われていたなんて。

――馬鹿だな。

売り飛ばされた経緯を思い出したって、仕方がない。

今はただ、明正《めいしょう》が迎えにきてくれることを祈るだけだ。

灯璃には、自分のできることをする以外に道はない。聚星に嫌われたいからといって、仕事で手を抜くことはできない。どんなに辛くても苦しくても、我慢するほかないのだ。

少しばかりの小銭はあるし、落ち着いたら、灯璃は行商人に弟子入りしたと信じる母に手紙を書いてみよう。

心配させないように、自分は毎日楽しくやっていると報告しなくては。

母のことを思い出すと、瞼《まぶた》の奥がつんと痛くなった。

7

「灯璃《とうり》、おまえ、いつまでもぐずぐず食ってんなよ。もうすぐ時間だぜ」

同年配の僮《どう》に声をかけられて、羹《あつもの》をふうふうと吹いていた灯璃は無言で頷く。

朝から働きづめでくたくただったせいか、胃もぐったり疲れている。おかげで食欲はあまりなかったが、残すのは申し訳ないし、何よりも栄養をつけておかねば倒れてしまう。

こんなに疲れていても、休むことはできない。遊廓はこれから本格的に営業が始まるのだ。

最後に饅頭《マントウ》を口に詰め込んで食事を終えると、向こうから小豊《しょうほう》が走ってくる。

「灯璃！　急いで着替えないと」

「着替え？」

「急だけど、聚星《しゅうせい》様のお客様が来たんだ」

灯璃の心臓は跳ね上がった。

ここに来てから二週間になるが、客の前に顔を出す許しをもらえたのは初めてだ。

「でも、俺……お作法なんて、何も」

「大丈夫。今日いらっしゃる楊《よう》様は、お優しい方だから。如水《じょすい》が一緒に出てくれるし、平気だよ」

己を安心させようとする小豊の言葉にほっとして、灯璃は胸を撫で下ろした。

「着替えは、如水のところだな」

呟いた小豊は、灯璃の手を引いて二階に駆け上がる。それぞれの男妓の部屋の近くに担当する僮の控え室があり、着替えはここで済ませるのだ。

「如水が昔着てたやつがあるから、おまえにはそれがいいだろ」

そう告げた小豊は、手早く淡い青色の衫《さん》を選んでくれる。着替えた灯璃を鏡台の前に引っ張り出し、髪を手早く結わえてくれた。

「すごい……器用だね、小豊」

「そ、得意なんだ」

笑いながら胸を張って告げた小豊は、灯璃に蒼《あお》い宝玉の嵌った髪飾りをつける。

「これ、全部如水のものなの？」

「一応ね。こういうものも、全部聚星様の稼ぎで買うんだよ」

「え？　買ってくれるの？」

装身具や衣装は遊廓の持ち物で、娼妓たちに貸し出されるのだろうと勝手に予想していたので、聚星が個人的に買い与えたという事実には驚かされずにはいられなかった。

そんなに、如水のことを可愛がっているのだろうか？

つきんと胸に針が刺さったように痛くなったが、次の小豊の言葉ですぐに謎《なぞ》が解けた。

「うん。みっともない、気の利かない格好の側仕《そばづか》えがいたら、聚星様の評判に関《かか》わるだろ。だから、自分付きの僮のことは、その男妓が責任を持って磨くんだ」

なるほど、と納得した灯璃は頷く。

「やっぱり、小豊も聚星様に憧れてるの？」

「俺の憧れは、断然、莉英《りえい》様だよ！　あ、そりゃもちろん、聚星様は何年も不動の一番人気で、すごい人だと思うけど」

小豊はうっとりと呟く。

莉英というのはどこか権高《けんだか》な印象のある、華麗な容貌が売りの美妓《びぎ》だった。どこぞの王族や貴族の出と思えるほど気位が高そうで、とても話しかけられる雰囲気の持ち主ではなく、灯璃もまだ言葉を交わしたことすらない。小豊とは容貌の質が似ていないし、どちらかといえば如水に雰囲気が近い。とはいえ、憧れるぶんには各々の自由だった。

「莉英様はたたき上げなんだよ。もともとは窯子《ようし》上がりなのに、この店に来られたんだ」

「窯子の⁉」

「しーっ。そんなに大声で言うなよ」

小豊は唇にそっと指を当てる。

「——そんなこと、できるの？」

そういえば、太白家《たいはくや》の女主人も莉英のことを話題に出していた気がする。

「莉英様は特別。ものすごく苦労して、ここまで上り詰めたんだ」

まるで我がことのように小豊が胸を張ったところで、階下から気遣わしげに灯璃の名を呼ぶ声が聞こえてくる。声の主は如水のようだ。

「おっと、いけね」

小豊は急いで灯璃の髪を検分し、嬉しげに頷いた。

「よし、別嬪《べっぴん》になった」

言われるままに銅鏡を覗き込むと、そこには初々しい僮が映っている。

もっと格好良く、きりっとしてほしかったのに。

「小豊……これじゃ……」

「ん？　可愛いだろ。ほら、よく似合ってる」

得意げに胸を反らせた小豊に、灯璃はおずおずと口を開いた。

「そうじゃなくて！　俺、聚星様みたいに格好良くしてほしいよ」

「それは、そういうのが似合うようになってからでいいだろ。それとも、嫌なのか？」

「う……」

そう言われると、折角時間を割いて支度を手伝ってくれた小豊に文句を言うことができず、灯璃は首を振った。

「ありがとう」

「よし、じゃ、急がないと」

「うん」

言われるままに足早に階段を駆け下りていくと、玄関では既に如水が待ち受けており、灯璃に「こちらへ」と小声で促す。

ややあって重々しい木製の扉が開き、玄関に掛けられていた鳥籠《とりかご》の鸚鵡《おうむ》が「いらっしゃいませ」と第一声を発した。

「やあ、元気かい？」

律儀にも鸚鵡にまで声をかけたのは、さも温厚そうな青年だった。鸚鵡が「元気！　元気！」と応じるのを聞きながら、彼は如水と灯璃に向き直って微笑む。

「聚星はいるかな」

「はい、楊様。お待ち申しておりました」

如水は丁重に頭を下げる。

楊の召し物はいかにも高級なもので、物腰もどことなくやわらかい。厳信《げんしん》のように剛胆ではなく、どちらかといえば繊細で神経質そうだった。言われてみれば体軀も中肉中背で、ちょっとした仕種《しぐさ》一つをとっても穏やかなものがある。

「緑が綺麗だね。庭の眺めも春らしくて、じつにいい。今日は何をしようか」

柔和な話し声も、耳障りな要素は一つとしてない。

「香合わせはいかがですか。今宵《こよい》にぴったりですよ」

「それはいい」

楊はにこやかに笑い、そして不意に灯璃に視線を向ける。

「この子は？　見慣れない顔だが」

「新しく入りました、聚星付きの見習いの僮です」

そこで如水に目配せされたので、灯璃は緊張と共に口を開いた。

「灯璃と申します。以後お見知りおきを」

灯璃が頭を下げると、楊は「ほう」と唸《うな》った。

「これはまた、初々しくて可愛いものだね。歳《とし》は？」

だから、可愛いと言われるのは嫌なのに。

灯璃は心中でむくれたものの、箸《はし》にも棒にもかからないと言われるよりはましだろうと、己に言い聞かせて我慢する。

「十五です」

「では、水揚げは？」

「まだまだ入ったばかりなので、ものになるのは当分先になるのではないかと」

口ごもりかけた灯璃に、如水が助け船を出してくれる。

「そうか。だが、これだけ器量のいい子がいるなら、友人に宣伝しないといけないな。少しずつ座敷に上がるといい」

おっとりと告げる楊に、灯璃は「ありがとうございます」と精一杯上品に頷いた。

「是非、お招きください」

如水は微笑みつつ、男を階段へと導く。沓《くつ》の音を立てながら楊を挟むようにして三人で歩いていくと、如水は扉の向こうへ「楊様のおいでです」と声をかけた。

「どうぞ」

気怠《けだる》く甘い返事があり、如水が楊を通す。

彼のすぐ後ろにいた灯璃は、簾《すだれ》の向こうにいる聚星のしどけない格好にはっとした。

「会いたかった……聚星」

「楊様もお元気そうで何よりです」

長椅子で足を崩し、煙管《きせる》を吸っていた聚星の姿は誰よりも艶《つや》めいている。

頬を紅潮させた楊は聚星に歩み寄り、その手を取って恭《うやうや》しく口づけた。

「さあ、おかけください」

「ええ」

聚星は濃い色合いの衫《ざん》に黒い袴を合わせている。貴石の嵌った耳飾りも美しく、彼が唇を綻ばせると楊はほうっと息を呑んだ。

「まさか、こんなに早くいらしていただけるとは思いませんでした」

「二週間で三回……我ながら、恥ずかしくなるほどの熱の入れようだな」

「お仕事はよろしいのですか」

穏やかな聚星の声を聞き、楊は嬉しげに目を細めた。

「ああ、今は一息をつくことができる。今日は土産に、地元の香を買ってきた。郷の中の店を覗いたが売ってないようだったし、かなり珍しいだろうと」

「それは素敵ですね」

そっと手を伸ばした聚星は、楊の手を取る。聚星が目を伏せると、長い睫毛《まつげ》が濃密な影となって頬に落ちた。

「早速香を焚いてみましょう。灯璃、香炉を」

「あっ、は、はいっ」

いきなり話を振られて、灯璃は足早に書棚に近づく。

陶器の香炉を両手で捧《ささ》げ持ち、彼らに近寄ろうとした刹那——緊張から足がもつれた。

「わ！」

前につんのめって転びそうになった灯璃の衫を、咄嗟《とっさ》に如水が背後から引っ張った。

「灯璃！」

その場に踏み留まった灯璃の上体が今度は後ろに傾《かし》ぎ、支えきれずに勢いよく尻餅《しりもち》をつく。蓋《ふた》が吹き飛び、香炉の中身の灰が灯璃の頭上に降り注いだ。

「大丈夫ですか、楊様」

飛び散った灰を吸い込んで咽《む》せる楊に、聚星が慌てて声をかける。

「もちろんだ、聚星」

「す、すみませんっ」

立ち上がった灯璃が慌てて頭を下げようとしたが、聚星に「動くな」と押しとどめられた。動けば尚更灰が飛び散ってしまうのだと、灯璃もすぐに気づいた。

「このまま閨《ねや》に行くのは野暮かもしれませんが、お詫びに臥房《がぼう》へいらっしゃいませんか」

「よ、よいのか、聚星！」

聚星が楊に甘く耳打ちすると、楊は跳び上がらんばかりに驚き、声を上擦らせた。

「ええ。あちらにも馨《かぐわ》しい香を用意しております」

「あなたに触れられるなんて、夢のようだ。――ありがとう、灯璃。あとで小遣いをやろう」

楊が興奮に頬を紅潮させ、聚星に導かれるままに寝室へ向かった。

聚星は一瞬、灯璃に苦々しげな視線を向けたものの、優雅な手つきで寝室に通じる戸を開けた。

その場に取り残された灯璃は、灰まみれになって如水を見上げる。

「今の……どういうこと？」

きょとんとして首を傾げる灯璃に、如水は苦笑した。

「要するに、楊様はこれまでお茶を飲むだけだったということです」

「え」

大昔に習った、客が馴染みになるまでの過程を思い描き、灯璃は漸《ようや》く合点がいった。

そういうことだったのか……！

「聚星様は馴染みになるまで、もう少し時間が欲しいと思っておられたようですが……仕方ないでしょう」

要するに、急いで躰を重ねなくても、楊ならば通ってくるだろうと焦《じ》らしていたに違いない。およそ、灯璃にはできそうにない手練手管だった。

「ごめんなさい……」

「謝るのなら、あとで聚星様に謝ってください。ここは私が片付けておきます」

「でも」

「部屋にお帰りなさい。あなたにはまだ早いですよ、灯璃」

如水に言われて、灯璃は仕方なく頷いた。

翌朝。

朝酒を飲みたがる楊を適当にいなし、聚星は彼を門前まで見送る。

「ふあ……」

大きな欠伸《あくび》とともに伸びをしながら小径《こみち》を抜けて楼に戻り、とんとんと階段を上っていくと、灯璃が聚星の居室の前で立ち尽くしていた。

「……聚星、様」

躊躇《ためら》いがちに呼びかけてきた灯璃に、聚星は不機嫌な表情を隠さなかった。

「よくもまあ、みっともない真似《まね》をしやがって。おまえ、俺に恨みでもあるのか？」

「ごめんなさい」

着替えは一応済ませていたものの、眠っていないのか、目が真っ赤だった。

どうにも憎たらしいが、聚星のことが心配でならなかったに違いない。

そうわかるところが、聚星を複雑な気分にさせるのだ。

「俺も随分僮を見てきたけど、あそこまで派手な失敗をする奴は初めてだ」

軽い口調のつもりだったが、聚星に叱咤《しった》されたと受け取ったらしく、灯璃は沈んだ様子で俯く。

「すみません。ど、どんなお叱《しか》りでも……受けます……」

灯璃らしからぬ殊勝な言葉に、聚星は内心で眉を顰める。

以前の灯璃は、こんなことをすぐに口にできただろうか。やはり、随分、灯璃は変わってしまったようだ。

「――もう、いい。怒ってないよ」

「でも」

「誰にだって、失敗はある。わざとぶち壊しにしようとしたならともかく、そうじゃないだろ」

罰を与えることは、簡単だった。

しかし、灯璃に他意がないことくらい、聚星にだってわかる。そうである以上は、声高に責め立てることは、聚星にはできなかった。

「二度同じことをしたら許さないけどな」

「それだけ、ですか?」

何でも罰すればいいというわけではない。特に、灯璃のように罰を進んで受け容れようとしている者には、これ以上の叱責《しっせき》は不要だった。

「いいから、ぐちぐち言うな。どのみち、楊様のことはお相手しなきゃいけなかったんだ。時間をかけるのはいいが、時機の見極めも肝心だからな」

もう少しばかり焦らしてもよいだろうと思っていたが、実際に寝てみると、昨夜が頃合いだったと思えるから不思議だった。

その証拠に、楊はすっかり骨抜きで、また来ると何度も約束したほどだ。

「時間をかけるほうがいいのですか？」

「そうだ。客の人となりを知らないと、移る情も移らない」

「いろいろ、すみませんでした。次からは、俺、足を引っ張らないように頑張ります」

――わからない。

会えずにいた一年のあいだに、灯璃に何があったのだろうか。

どうしてここに来たのかともう一度問おうとして、聚星は内心で苦笑する。

詮無きことだ。

何度聞いたところで、灯璃が繰り返す理由は変わらないはずだ。

問い質《ただ》す代わりに、別の台詞が聚星の口を衝いて出た。

「――俺に、幻滅したか？」

「幻滅……？　どうして？」

灯璃はきょとんとして首を傾げる。その無防備な表情は、どこかあどけない。

「俺が客に躰を売ってるのは、見てればわかるだろ。おまえは餓鬼《がき》だからな。気色悪いんじゃないのか？」

「でも、それが聚星様の仕事だし」

灯璃の素直な返答には他意も何もなく、彼が聚星の職業を何の偏見もなく受け容れているのだと知る。

けれども、それはおそらく表面上のことにすぎないだろう。

今は生々しい現場から遠ざけるよう如水に命じているが、いつかは、聚星がほかの人間に触れるところを目にするに違いない。

そんな相手でも、灯璃は聚星に憧れていると胸を張って言えるのか。

強い憧憬《しょうけい》の念を抱いている相手が他人に触れることを、灯璃は許せるのだろうか？

無理に決まっている。

そういうことを考えもせずにこんなところまでのこのこやってくるから、灯璃は子供なのだ。浅はかで、愚かで、短慮で——なのに、彼を可愛いと思う気持ちがすべてを凌駕《りょうが》しそうになるから、ひどく忌々しい。

視線を落とした灯璃の表情が妙に頼りなげで、聚星は自然と彼に向けて手を伸ばしていた。

「ッ」

灯璃は聚星の手が近づいたことに気づき、びくんと身を竦ませる。

その顕著な反応に驚いた聚星は、自嘲の笑みを口許に刻んだ。

嫌われた、ものだ。

房事の詳細を解さずとも、ほかの男に触れたこの身を、灯璃は本能的に不潔だと思うのかもしれない。

そう考えると、自分でもおかしくなるほどの失望が込み上げてきた。

「もう、いい」

聚星は苛立ちを隠すことなく、犬の子を追うようにしっしっと手を振った。

我ながら大人げないが、優しくするだけの心の余裕がなかったのだ。

「いいって……」

「下がっていいということだ。おまえだって寝ていないのだろう」

それだけではなく灯璃の真っ赤な目を見れば、彼が心配で一睡もしていないのもよくわかった。そうでなくとも僮としての務めで日中は忙しかっただろうに、夜に一睡もしていないのであれば、疲労困憊《こんぱい》しているはずだ。

「……はい」

「少し休まないと、あとに差し支える。如水には話しておいてやるから、寝ておけよ」

「わかりました」

もう一度ぺこりと頭を下げた灯璃の後ろ姿に、聚星は喩《たと》えようもない戸惑いを覚えた。

己が惑乱させられていること自体が、聚星には不本意で、そして不可思議だった。

こういった感情など、とうの昔に失ったはずだからだ。

なぜ、灯璃はこんなふうに自分を惑わせるのだろう。

そもそも聚星は、何もかも捨てて、この郷にやってきたのだ。

――俺を買ってください。何もかも、あげるから。何もいらないから。

初めて桃華郷《とうかきょう》を訪れた聚星は、四海に縋りついて懇願した。

感情も情念も、命も、すべて。何もかも四海に捧げると誓ったのだ。

こんな世界では、もう何もいらない。

虚偽の華やかさに満ちた場所で、一人で生きていくほうがいい。

子供たちを守るなんて言うのはただの言い訳で、聚星自身があらゆることに疲れていた。

何もかも捨てたかったのに、自ら命を絶つことだけはできなかった。それで、ここに来たのだ。


――そなたが本当に大事なことを学ぶまで、ここにいることを許してやろう。

四海の返答は簡潔で、聚星はこの郷に骨を埋めることにした。

あのとき、聚星は心に決めた。

自分の中に定めた法則を、決して揺るがすことがあってはならないと。

だから、守るべき存在である子供は抱かない。

他人に情を移さない。情を移すとすれば、それは客が客として目の前にいるあいだだけ。

そのときだけ自分は、相手に真剣に恋をしよう。

それが、聚星がこの郷で生きるために身につけた処世術で、それゆえに一番になることができた。

それでも、交わした約束は、絶対に守る。他者から裏切られる痛みは、誰よりもよく、聚星自身が知っているからだ。

四海は四海で聚星に言いたいことがあるようだったが、特に口出しをするわけでもない。聚星がこの東昇閭を盛り上げている以上は、文句もないのだろう。

……つくづく、食えない仙人だ。

見た目は無害な子供のくせにと思うと、苦笑ばかりが込み上げてくるのだった。

8

「うう……」

郷《さと》の中にある商店にお遣いに出た灯璃《とうり》は、両手いっぱいの買い物を抱えてのろのろと歩く。

食料品や日用品は週に一度、契約している商店が配達してくれるのだが、足りないものは当番で買い出しに行くことになっていた。

初夏の陽射《ひざ》しは厳しく、灯璃の薄い膚《はだ》をちりちりと焼いていく。こんな日にほかの僮《どう》たちが買い物に出たがらないのは、日に焼けてしまうせいだろう。

「ねえ、この香はどうかしら？　素敵な匂《にお》いだわ」

「私はこちらのほうがいいわ。これから暑くなるもの」

「そうね、私はもう少し爽《さわ》やかなほうが好きよ」

陽射しをものともせぬ南方出身と思《おぼ》しき若い遊女たちが、きゃらきゃらと楽しげに話をしている声が、何とはなしに耳に入ってくる。

「まあ、見て、あの子。重そうよ」

「ふふ、可愛いわね。どこの閭《りょ》の男の子かしら？」

自分を話題にされていることに気づき、灯璃は火が点《つ》いたように赤くなった。

彼女らと目を合わせるのが気恥ずかしくて、灯璃は俯《うつむ》いて歩く。

東昇閭《とうしょうりょ》の仕組みにはだいぶ慣れたものの、こうして外に出るとたまに嗅《か》ぐ脂粉の匂いに、灯璃はまだ馴染《なじ》むことができずにいる。

この郷は、不思議な場所だ。

仙人がつくった街だから、幸福と快楽と遊蕩《ゆうとう》だけで溢《あふ》れているのかと思ったが、明るい一面だけではない。借金のせいで売られてくる者も、その借金を返そうと必死になる者もいる。情死《じょうし》の話題も頻繁《ひんぱん》に耳にするし、足抜けしようとして折檻《せっかん》された者の話も聞く。

どこかちぐはぐで不釣り合いだ。

夢や快楽の代価には、厳しい現実があるということなのだろうか。

「うー……重い……」

香や櫛《くし》といった小間物を紙にくるんでくれたので懐《ふところ》に収められたが、一際重いのは、ほかの僮に頼まれた酒瓶だった。

「灯璃」

不意に声をかけられておそるおそる灯璃が振り返ると、背後に厳信《げんしん》が立っていた。

かつての自分を知っている近隣の邑《むら》の者でなくてよかったと安堵《あんど》しつつ、灯璃は微笑《ほほえ》む。

「こんにちは、厳信…さん」

拭《ぬぐ》い損ねた汗が、つうっとこめかみから顎《あご》を伝う。

「厳信でいいよ、灯璃。おまえにさん付けされると調子が狂う」

陽気に笑った厳信は、灯璃の髪をくしゃくしゃと撫《な》でた。

「今日は女衒《ぜげん》はお休みですか？」

「いや、成陵《せいりょう》の近くから上玉を連れてきたところだ。おかげで羽振りがいい」

厳信は嬉《うれ》しげに胸元をぽんと叩《たた》いた。

成陵は楽《がく》の南にある豊かな自治都市だが、その近郊の村々は貧しかった。

「相変わらず見習いやってんのか？　忙しそうだな」

「うん」

「手伝うよ。どれ、そっちの包みを貸しな」

言いながら厳信は灯璃の手にした酒瓶を取り上げようとしたが、灯璃は首を振ってそれを拒んだ。

「自分で持てるから、いいです」

「いいって……重いんだろ」

「でも、持てるはずだって頼まれたんだ」

自分でも強情だと思ったが、できると思って任されたことを、人に手伝わせたくない。

「持てないって思ったら、もう一人誰かついてきてくれるはずだし。自分のことは自分でやらなきゃ」

「……ふうん」

厳信は相好《そうごう》を崩し、人懐っこい笑みを浮かべた。

「ここにいるのは、おまえにとって、いい修行になってるみたいだな」

「一応」

一か月かけて灯璃は漸《ようや》く店の仕組みを覚え、まともに下働きをこなせるようになってきた。しかし、かといってほかの僮たちと上手《うま》くやっているかと言われれば、また別の問題だ。

「四海《しかい》様は、おまえのことを店に出さないのか？」

「まさか！　まだ、全然です。仕事もやっと覚えたくらいだし」

「そうか？　前よりもずっと可愛くなったし、田舎っぽいところが抜けてきたぞ。東昇閭に可愛い僮が入ったって、評判になってたしな」

「嘘《うそ》っ！」

灯璃がかあっと頰《ほお》を染めると、厳信は呵々《かか》と笑って鼻を摘《つま》んだ。

「そのうち、如水《じょすい》が水揚げされるんだろ？　そうなったら、おまえも聚星《しゅうせい》付きになるはずだ。聚星が恥ずかしくないように、いろいろ磨かなくちゃな」

「ううん……俺なんて、まだまだ」

このところ積み重ねてしまった数々の失態を思い起こし、灯璃は肩を落とした。

聚星が手習いに行かせてくれているのだが、詩作も歌も未熟で、周囲をがっかりさせていやしないかと心配だった。

「それに、如水の旦那《だんな》が体調を崩して、水揚げが遅れるからって……そのせいもあって、当分、如水は今のままなんです」

「——ほう……そいつは残念だな。如水も覚悟を決めてたろうに」

巌信は顎を撫で、考え深げに頷《うなず》いた。

「相変わらず、聚星には内緒にしてんのか」

「内緒って？」

思わずどきりとした灯璃は、歯切れ悪く問い返す。

「だからさ、どうしてここに来たか」

「そんなこと、誰にも言ってないです」

べつに、自慢して回るようなことでもないのだ。人様に言ったところで同情を買えるわけでもない。

それに、いつか明正《めいしょう》が自分を買い戻してくれるかもしれない——ほかの僮と違ってそんな希望があると知られれば、彼らは灯璃をもっと邪険に扱うだろう。

今でさえも、聚星付きになるかもしれないということで、灯璃は皆に好かれていないのだ。

「そうなのか。まあ、下手《へた》な詮索《せんさく》するような奴も、東昇閭ならいないだろうしな。おまえがいいなら、それで構わん」

聚星の同情を買うような真似《まね》はしたくなかったし、元はといえば、世間知らずすぎた灯璃自身の責任だった。

「でもな、俺は……おまえのそういうところ、好きだよ」

「えっ？」

「おまえはさ、ちゃんと大人だよ。自分でも……聚星も、わかってないだけで」

「な、な、何ですか、いきなり」

灯璃が真っ赤になったのを見て、厳信は声を立てて笑った。

「俺の見立ては当たるんだ。おまえはきっといい男妓《だんぎ》になる。頑張れよ」

「……はい」

「ああ、そうだ。今度、西を回るときにおまえの邑も見てきてやるよ」

「本当⁉」

願ってもない嬉しい提案に、灯璃は顔を跳ね上げた。

いつしか足許《あしもと》に落ちた影が、先ほどより長くなり始めている。厳信と語らうのも楽しかったが、そろそろ閭に戻らねばならなかった。何よりも、腕に抱えた包みがずっしりと重く、感覚がなくなりそうだ。

「そうでなくとも、奥様にはおまえは俺と行商に出てるって教えてあるからな。今日明日で、手紙、書いておけよ。下手に郵便を使うよりも、俺が持っていったほうがもっともらしいからな」

「ありがとうございます」

微《かす》かに笑んだ灯璃に、厳信は「うん」と頷く。

「明日にでも受け取りに行くぞ。聚星の顔も見なくてはならんしな」

「伝えておきます」

「おう。じゃ、頑張れよ」

厳信はひらひらと手を振った。

こういうときに「大丈夫だ」と言うと、厳信は絶対に手伝ってくれない。そのことが、彼らしくておかしかった。

汗だくになって東昇閣に戻ると、仲間たちは皆休憩を済ませたところだった。

「遅いよ、灯璃」

「すみません。荷物が重くて」

抗議の言葉に、灯璃は身を小さくする。

「重いんなら、半分に分けてもらって二回行けばいいじゃないか。そっちのほうが早いよ」

「えっ」

「頭よさそうな割に、使えないんだよな……」

呆《あき》れたように言われて、灯璃は「すみません」ともう一度頭を下げる。

仲間たちに好かれていないのは知っていたが、味方が一人もいないわけではない。それに、この郷《さと》に来る前のことを思えば、どんなことでも耐えられる気がした。

灯璃の生活が一変したのは、桃華郷《とうかきょう》から戻って一か月も経《た》たぬ頃《ころ》のことだった。流行病《はやりやまい》で、関《かん》一族の当主だった祖父が亡くなったのだ。

それをきっかけに、灯璃の生活は急変した。

母は伯父の斡旋《あっせん》で再婚することになったが、一人息子の灯璃を置いていくと新しい夫に約束させられてしまい、どうしようかと弱りきっていた。楽《がく》のしきたりではもうすぐ成人とはいえ、世間知らずの灯璃を放《ほう》り出すのは躊躇《ためら》われたのだろう。母だって、灯璃と負けず劣らず世間知らずだったくせに。

伯父は「財産を管理する」という名目で灯璃を引き取り、明正《めいしょう》にも暇をやってしまった。知らぬ間に伯父は祖父の遺言を改竄《かいざん》して財産を横取りしただけでなく、灯璃を使用人の一人としてこき使った。灯璃に宛《あて》がわれたのは寒々とした厩《うまや》で、布団もなくて飼い葉にまみれて眠った。馬糞《ばふん》の臭《にお》いと寒さに我慢できなくなって仕方なく寝床を改善してくれと言うと、伯父は「文句を言わないぶん、馬のほうがまだましだ」と手酷《てひど》く折檻し、しまいには灯璃を女衒《ぜげん》に売り払ったのだ。

母の幸せを願うならば、抗《あらが》うことは許さないと脅されて、灯璃は従うほかなかった。母の再婚相手と伯父が共謀《きょうぼう》していると、そのときにはわかっていたからだ。

でも、そんな相手でも、母はとても幸せそうだったから……それを、ぶち壊しにしたくなかった。

あのときたまたま通りかかった女衒が厳信《げんしん》でなければ、自分は今ごろ太白家《たいはくや》で躰《からだ》を売っていたに違いない。

今の頼みの綱は、明正だけだ。

あんなに自分に親身にしてくれた明正ならば、きっと不審に思って、姿を消した灯璃を捜してくれるはずだ。そうすれば、いつか買い戻してくれることだろう。

ただ、何度も明正に手紙を書いてみたのに、返事がまったくないことが気がかりだった。

——本当は、もう、嫌だ。こんなふうに期待するのも、救いを待つのも。

いっそ、何もかもなかったことにしてしまいたい。

たとえば、聚星に憧《あこが》れるこの気持ちがなければ、もっと楽になれるはずだ。

聚星に何もかもぶちまけてしまって、自分は売られてきたのだと白状できる。明正が己《おのれ》を買い戻してくれる日が来るはずだというささやかな希望も捨ててしまって、心が軽くなるはずなのに。

だけど、希望をなくしてしまえば、人はどんな生き物になるのだろう?

どろりと濁った目をした人々は、太白家で何人も見た。あれはただ、生かされているだけの物体だった。

それに結局……灯璃には、この浅ましい情念を捨てきれない。

聚星と目が合うと、苦しいけど同時に嬉しくなる。彼の笑顔を見るだけで、ほんのりと胸が熱くなる。

触れられたら、そこから脆《もろ》くなりそうだ。弱くなって、本当のことを口にしてしまうかもしれない。そうしたら、ますます嫌われる。幻滅されてしまう……。

だから、触れられることさえも怖かった。

こんな不可解な感情は、聚星に憧れる気持ちをなくせば、一緒に消えてしまうはずだ。

不安定で、いつも息苦しくて。

そばにいることが、ひどく辛《つら》い。

けれども、聚星を見失うのが怖くて、視線だけで必死に彼を追ってしまう。

大体、聚星が情を注ぐのは客だけだと、東昇閣の中ではもっぱらの評判だった。聚星は他人に対して、必要以上に深入りしない。

聚星の体温が欲しい。笑顔を見たい。

なのに、幼すぎる愚かな自分には、それを求める資格さえもないのだ。

「聚星様。彩夏《さいか》様からの文が届いております」

如水に声をかけられ、庭を散策していた聚星は「うん」と生返事をした。

部屋に飾るための花を切りに来たのだが、このところの暑さですっかり草木はやられてしまって望ましいものがない。

街には夏の気配が色濃く、人々の装いもどこか軽やかだ。聚星が身につける衫《ざん》も薄手のものになり、暑さが苦手な四海はいつも不機嫌だった。

仙人とはいえ、天候をどうこうすることはできないので、それがもどかしいようだ。

「そういえば、そろそろ、彩夏様がおいでになる頃ですね」

いずれ水揚げされるという如水の美しさは、このところでは輝かんばかりだった。

「ああ……そうだな」

聚星の上客の一人である雨《う》彩夏は楽の裕福な商人の子息だが、多少特殊な性癖《せいへき》の持ち主で、彼は滅多《めった》にこの遊廓《ゆうかく》を訪れようとはしない。

端的に言えば、そのような金にならない相手は聚星の馴染みにはなれぬのだが、何となく彼のことは気にかかり、四海にも特別扱いするよう頼んであった。

「耐《た》えかねて、耐えかねて人膚《ひとはだ》を求む、か。なんとも風情のあることだが……」

ふと呟《つぶや》いた聚星は、眉《まゆ》を顰《ひそ》めた。

「そうはおっしゃいますが、灯璃は驚くのではありませんか？」

「ん？」

「その……彩夏様は……」

如水が言葉を濁す理由に思い当たり、聚星は苦笑した。

「まあ、そうだな。おまえの水揚げ前に来てくれるといいのだが」

聚星がそう言うと、如水は「そう上手くはいきませんよ」と肩を竦《すく》めた。

灯璃、か。

一か月も遊廓で暮らせばその水に馴染むかと思ったが、聚星があえて生々しい場面から遠ざけているせいか、灯璃は肝心なところでは無知なままだ。

もちろん、それは東昇閭がほかの遊廓と違って、風雅を愛する気風があるからだろう。

あの日、自分の手を避けた灯璃の硬い表情を思い出すと、ひどく胸が痛んだ。

聚星自身が軽蔑《けいべつ》されるようなことをしているとは欠片《かけら》も思わないが、ほかでもない灯璃には、あんな目を向けられたくなかったのだ。

本当に……俺は、どうしたというのだろう……？

聚星は自分でも馬鹿馬鹿しくなるほどに、灯璃の存在に掻《か》き乱されていた。

風が吹き抜けるたびに、さらさらと音を立てて竹の葉が揺れる。

東屋《あずまや》の近くに立っていた聚星は、ふと顔を上げて如水を見やった。

「それにしても、このところ、俺の部屋の前だけ竹が青々として美しいな。肥料でも変えたのか？」

「私も気づいていたのですが、わからないんですよ」

不思議なことだとでも言いたげに、如水が首を傾げる。

「わからない？　おまえにも知らないことがあるのか」

そうでなくとも、この妓院《ぎいん》のことは四海の次に如水が把握していると思っていただけに、聚星には意外だった。

「何だか、このごろ妙につやつやしているんですが……」

「それは不思議だな。誰かが習ってきた秘伝の方法があるのかもしれないぞ」

冗談めかして聚星は告げ、納得がいくまで花を探すことにした。如水はまだ支度があるということで、先に部屋に戻る。

一人きりになって大きく伸びをした聚星は、どこからともなく物音が聞こえた気がして、顔を上げる。

「……ん？」

しかし、頭上には蒼穹《そうきゅう》が広がるばかりで、怪しいところなど何一つない。ごそごそと竹を揺するような音は、ここではなく聚星の部屋がある建物の南側から聞こえてくるようだ。

不審に思った聚星がそちらへ向かうと、妙な姿勢で窓から身を乗り出す灯璃の姿が目に入った。

下働きのために質素な衣服を身につけた灯璃は、窓を跨《また》いでそこに腰かけている。

よく見ると、彼は雑巾《ぞうきん》で竹の葉を丁寧に拭《ふ》いているのだ。

「な……」

あれが灯璃なりの竹の手入れの方法なのかと、さすがの聚星も驚きに打たれた。

熱い陽射しにじりじりと焼かれるのものともせずに、灯璃は汗だくになって竹の葉を濡《ぬ》らし続ける。

道理で埃《ほこり》や汚れが取れて青々と麗しい色合いになるはずだが、あまりにも危険すぎる。

一本目の竹をあらかた拭き終えた灯璃は、多少遠い場所にある次の竹に手を伸ばそうとする。無理のある姿勢をさすがに見ていられなくなって、聚星は思わず声を上げていた。

「灯璃！」

「っ」

ぎょっとしたように振り返った萄璃は、その刹那《せつな》——体勢を崩した。

まずい！

瞬時に聚星は走り出していた。

裾《すそ》が長いこの服では、動きにくいことこのうえない。

畜生、と聚星は内心で罵《ののし》る。

「う、……わっ……！」

暫《しばら》くばたばたと手を振り回して窓枠に踏み留まろうとしていた灯璃だったが、その努力も虚《むな》しく、上体がぐらりと傾ぐ。

だめだ。

絶対に、間に合わせなくてはいけない。

あの子を、失いたくない。

「灯璃ッ!!」

どん、という衝撃とともに、灯璃は聚星の腕の中に落ちてきた。

思わず、その軽い躰を抱き締める。

「……大丈夫か、灯璃！」

灯璃は驚きにぎゅっと目を閉じて、聚星にしがみついている。

がたがたと声もなく震えているその華奢《きゃしゃ》な肉体は、何よりも愛《いと》しい熱を備えていた。

この重みが、今は……ひどく、愛しい。

「灯璃……どこか痛いのか？」

怪我《けが》でもしたのだろうか。

「ご、ごめんなさい……！」

我に返った灯璃が聚星の腕から降りようと身じろぎをしたので、聚星は自分が常ならぬ力で灯璃を抱き締めていたことに漸《ようや》く気づいた。

「聚星様、大丈夫？　ごめんなさい……俺……！」

聚星に取りすがって尋ねる言葉には、昔と変わらない素直さが潜んでいる。

まだ、ここにいる。

変わることのない灯璃自身が、ここに。

「……馬鹿」

放すつもりが、逆に力いっぱい灯璃の躰を抱き竦めて、聚星は呟いた。

「心配させるな」

無茶《むちゃ》をするなと叱責《しっせき》したほうがいいのかもしれないが、安堵のあまり、掠《かす》れた声しか出てこなかった。

「心配？　俺を？　どうして……？」

何もわからないとでも言いたげな灯璃に、聚星は忌々しげに舌打ちをした。

「自分のところの僮の心配をしないほど、薄情に見えるか？」

違う。そんなことじゃない。

今、この瞬間に気づいてしまった。

自分はこの子のことを、今も昔も変わることなく大切に思っているのだ……。

そうだ。

どうしてこんなにも彼のことが気になっていたのか、やっとわかった。

灯璃の明るさや鷹揚《おうよう》さは、その名のとおり小さな灯《あか》りのように眩《まぶ》しく、ひたむきに光り、惹《ひ》かれずにはいられないものだったのだ。

「おまえはそそっかしいんだから、気をつけろ」

「すみません、でも……その、聚星様」

自分の腕の中で身を捩《よじ》る灯璃に、聚星は「すまぬ」と頷く。そして、手の力を緩めて彼を地面に下ろしてやった。

落ち着いてくると、今し方の自分の取り乱しようが恥ずかしくなってきたものの、幸い灯璃は気づいていないようだ。だが、こんなことを四海や厳信に知られたら、きっとからかわれるに違いない。

「ああっ！」

いきなり灯璃が大声を上げたので、聚星はぎょっとして目を見開く。

「ど、どうした、灯璃」

「ごめんなさい！　俺のせいで……服が汚れてる」

「服？」

見ると、聚星の胸元には血がついてしまっている。

聚星自身は怪我をした覚えはない。

不審に思った聚星がぐっと灯璃の腕を摑《つか》むと、彼の掌《てのひら》に切れ目が入り、そこから血が滴っていた。

咄嗟《とっさ》に彼の手を摑んで唇を寄せたが、雷に打たれたように震えた灯璃は聚星を強引に押し退《の》けた。

「す、すみません」

先ほどまでとは打って変わって硬い口調で謝る灯璃に、聚星は複雑な気分になった。

「俺には触れられたく、ないのか」

「――ごめんなさい、俺……ちょっと驚いただけで」

そんな表面上の謝罪を口にされても、心中にある虚しさは消えない。

不潔だと思われているというのはわかっていても、行為で示されると堪《こた》えるものだ。

「そうだな。おまえはただの見習いだし、俺のような穢《けが》れた身の上にはならないですむ。ならば、軽蔑されても仕方がないな」

灯璃がいつまでも見習いになった理由を打ち明けないからといって、我ながら嫌味なことを言うものだ。

「穢れてなんていません！」

灯璃は真っ向から聚星を見つめて、短く断言した。

「何？」

聚星さえもたじろぐような、そんな鋭い言葉だった。

「聚星様のことを好きな人には、聚星様は大切な存在だもの。聚星様が欲しくて、欲しくて
……必死でここに来る人の気持ちが、俺にも……よくわかったから……」

すべては、過去形なのか。

聚星が自嘲《じちょう》の笑みを刻んだのを見て取った灯璃は、「ごめんなさい」とまたも頭を下げた。

「すみません、俺。よけいなことを……」

ごめんなさいとか、すみませんとか、さっきから灯璃は謝ってばかりだ。

謝ってほしいわけではない。

ただ、灯璃には――。

そのあとに思いついた言葉を、柄にもない感傷だと聚星は苦々しく感じた。

灯璃には、ただただ笑っていてほしい。明るい瞳《ひとみ》を失わないでほしい。

だから、この郷に来てほしくはなかった。

美しい夢で彩られたように見えるこの場所は、一皮剝《む》けば悪意の渦巻く温床だった。

ゆえに、ここの水に馴染んでほしくはなかったのだ。

「……悪いことをしたわけでもないのに、謝るな」

「だけど……服を」

「おまえがもっと酷い怪我をするよりは、いい」

愛しさが生まれる瞬間は、自分でも予想がつかないものだ。

そこにどんな理由があろうと、自分のそばに来たいと一途に願い続けた灯璃のことを、憎めるはずがない。

現実を見せられた灯璃の中では、聚星に対する憧憬《しょうけい》の念が薄れつつあるだろう。それでもなお、彼は今でも精一杯に自分にできることを頑張ろうとしている。

見習いという立場でありながらも、灯璃は与えられた仕事にも手を抜こうとしない。人の見ていないところでも務めをまっとうしようとする姿を、評価せぬほうが難しかった。

「どうせ誰も気づかないのに、なんで危険を冒してまであんなことをするんだ？」

「べつに、気づいてほしくてやってるわけじゃなくて……聚星様の部屋に来た人が、窓から眺める景色も綺麗だと思ってくれると、嬉しいから……」

……だめだ。

こんな可愛いことを口にするなんて、灯璃はずるい。

もっと心が傾いてしまう。水が低いほうに流れるように、灯璃に夢中になりそうだ。

だが、自分はそういった面倒で重苦しい情念を捨て去ろうと思って、この閭《りょ》に身を売ったのだ。

聚星はここで生きることを選んだが、灯璃はまだ間に合う。いつでもやり直せるはずだ。

この子をこれ以上、ここには置いておけない。

彼のことを愛しいと思うのならば、灯璃にはすべてを見せて、ここから追い出そう。

そうでなくとも、今の灯璃は現実の聚星の姿を知って幻滅しかけているはずだ。

ならば、あと一押ししてやるだけで、灯璃はここを出ていくと決意するに違いない。

自分がどんな人間なのか。

ここはどういう世界なのかを教えてやるだけで、すべてが丸く収まるはずだ。

そのためには、灯璃を手酷く突き放してやればいい。そのほうが、灯璃には堪《こた》えるだろう。

もう二度と、聚星に懐こうとしなくなるに違いない。

それは胸を掻きむしられるように辛いが、遅かれ早かれこの日が来るだけのこと。

人としての情念を捨て去ろうとしてきた聚星には、灯璃と関《かか》わる資格などあるはずもなかった。

灯璃が可愛い。愛しいと思うからこそ、手放さなくてはいけないのだ。


「また遊びにいらしてください、楊《よう》様」

聚星が艶《つや》やかな笑みを浮かべると、色窶《いろやつ》れした風情の楊はほわんとした表情で頷く。

見送りの僮《どう》がずらりと並び、楊はすっかり鼻の下を伸ばしていた。

紅閨《こうけい》で一体どんなことが行われているのか知らないため、灯璃はぼんやりと彼らを眺めていたが、僮の中には照れたような表情で視線を彷徨《さまよ》わせている者もいた。

「うむ」

東昇閻の聚星の馴染みになれるということは、いっぱしの遊び人を気取れるということでもある。しかし、楊はそれを鼻にかけることもなく、いつも温厚な態度で遊びにくるし、何よりも僮たちに優しい。

地元で珍しい菓子を買ってきて、お土産《みやげ》として配ることもある。だから、楊が聚星の馴染みだとしても、灯璃はあまり嫌な気分がしなかった。ほかの客が聚星の相手だと、苛々《いらいら》してしまって仕事に手がつかないこともあったからだ。

本当は、聚星が他人に触れたり触れられたりするのだと思うと、それだけで気分が鬱《ふさ》いでしまう。たとえそれが聚星の仕事だとわかっていたとしても。

今も、じくじくと胸の奥が疼《うず》いている。

「そういえば、聚星」

ふと思いついたように、玄関のところで楊はおっとりと切り出した。

「はい、何でしょうか」

すっかり見送る態勢だった聚星が、不思議そうな表情で問い返す。その様子を、灯璃たち僮はじっと眺めていた。

「おまえの部屋は窓の外に見える竹の葉さえも、艶やかで風情があるなあ。何か特別な手入れでもしているのかい」

楊の言葉に、聚星は薄く笑んだ。

「ええ」

「ほう。どんな？」

「それは灯璃だけが知っております。この子が考えたので」

聚星がそう言って灯璃に視線を向けるものだから、灯璃はどきどきとして俯いてしまう。黙っていてほしかったのに、どうしてそんなことを言うのだろう。

ほかの僮たちに、また嫌味を言われるのではないかと思うと不安だった。

「では、次はその秘密を聞きに来よう」

「お見送りいたします、楊様」

聚星が門まで送っていったので、灯璃はほっと息をつく。それから、掃除を始めようと身を翻したところで、突然、僮たちに取り囲まれた。

どんなことを言われるのだろうかと身構えた灯璃に、一人が「おい」と口を開いた。

「な、何ですか？」

「なあ、竹の手入れってどうしてるんだ？」

「前から不思議だったんだよな」

思っていたよりもずっと無邪気な質問をぶつけられて、灯璃は目を瞠《みは》った。

「前も、別のお客さんが話してたんだ。聚星様のお部屋だけ、竹が青々としているのは何か秘密があるのかって」

秘密も何も、ただ、毎日手入れを怠っていないだけだ。

「でも、大したことじゃないから……」

「いいから、勿体《もったい》ぶってないで教えろよ」

今度は小豊《しょうほう》に悪戯《いたずら》っぽく肩を叩かれて、灯璃は耳まで赤くなる。

「だったら、どうしてるんだ？　何か薬を使ってるとか？」

「四海様に特別な術を教わったとか？」

憧たちの瞳が好奇心にきらきらと輝いており、灯璃は逡巡《しゅんじゅん》と共に口を開いた。

「――拭いてるだけだよ」

「拭いてるって？」

どういう意味かわからないとでも言いたげに、小豊が聞き返す。

「だから、濡れた布で」

「布で？　それだけ？」

「うん」

素直に認めた灯璃の言葉を聞いて、真剣な顔つきだった少年たちが、拍子抜けしたように笑いだした。

「なーんだ、そうなんだ」

「俺たちも知らない秘術があるのかと思ったぜ」

「あ、だからこのあいだ、窓から落ちたわけ？」

口々に話しかけられて、灯璃は「そう」と頷く。灯璃が窓から落ちて聚星に助けられたことは、なぜかあっという間に広まっていた。おそらく、四海の仕業だろう。

「馬鹿だなあ。おまえ、そそっかしいんだから気をつけろよ」

軽く頭を叩かれた灯璃は、初めて、彼らから親愛の情のようなものを感じた。

それが、とても嬉しかった。

「うん、気をつける」

「そういや、最初に聚星様の部屋に香炉の中身をぶちまけたもんなあ」

「そうそう！　あれ、普通じゃやできないぜ」

笑いながら口々に言われて、灯璃の強張《こわば》っていた心が少しずつ解《ほぐ》れてくる。

「ほら、騒ぐのはおやめなさい。ほかの男妓が起きてしまいますよ」

如水がそう言って皆に注意して、漸く一同は静かになる。

「御礼に、ほかの植物の手入れの仕方、教えてやるよ」

ほかの僮がそっと灯璃を小突いたので、灯璃は「わかった」と元気よく頷いた。

聚星に名前を出されたときは驚いてしまったけれど、みんなに馬鹿にされなくてよかった。

ほっと胸を撫で下ろしてから玄関を見やると、楊を見送って戻ってきた聚星がやけに冷ややかな視線を向け、再び身を翻して二階へ向かうところだった。

――もしかして。

今のは、嫌われてしまえばいいと……そういうつもりで名前を出したのだろうか。

自分があまりにも浮かれた顔をしていたのが嫌だったのかもしれないと、灯璃は肩を落とした。


「ん……」

どこかでにーにーと猫が鳴く声が、聞こえる。それから、ぼそぼそという人の話し声。

昼過ぎに目を覚ました聚星が何気なく窓の外を眺めると、僮たちが裏庭に集まっているところだった。

窓枠にもたれかかるようにして、聚星は外の光景を見やる。

「おい、そっちだ！　逃げたぞ！」

縁の下に猫が入り込んで鳴いていると下働きたちが話しているのを聞いたが、こんなふうに追いかけっこをしているとは思わなかった。

「……まったく……この暑いのに、元気だねえ……」

聚星は小さく呟く。

二階から外を眺めていても、彼らはまるで気づいていないようだ。

今度は裏庭に迷い込んだ猫を捕獲しようと、数名の僮が猫を追い回している。

あれでは猫を虐《いじ》めているようで可哀想だ。

そういうことこそ、四海に頼めばいいのに。

四海は「仙術は手品とは違う」と主張するが、手を貸してくれることも多かった。

尤《もっと》も、あの気まぐれな男のすることだから、あてにしてもいけないのだが。

四海が見た目どおりの子供だと思っていれば、必ず痛い目に遭う。四海は人間が好きでこの東昇閣を始めたわけではないし、慈善事業というわけでもない。

「捕まえたっ！」

灯璃が声を上げて、猫を抱き上げる。

弾けんばかりの明るい笑顔に、聚星は思わず瞳を奪われてしまう。聚星の視線に気づいていないらしく、灯璃はどこか誇らしげだった。

このところ急速に灯璃の表情が優美になってきたというのは如水の言葉だったが、それもさもありなんというところだろう。

質素な衣服を身につけていても、灯璃の顔立ちは人目を惹く。

灯璃が少しずつ幼さを脱ぎ捨てていくごとに、聚星は焦らずにはいられなくなる。

早く灯璃を突き放さなくてはいけないと、わかっている。

だが、こうして見ているだけで自分の心が満たされるから、きっかけを見失ってしまう。

灯璃の心がどこにあろうと、聚星にどんな感情を抱いていようと……彼を見ているのは、ひどく幸福だった。

「えらいぞ、灯璃」

「そのままにしてろよ」

おおっと周囲の連中がどよめくと同時に、ふぎゃーっと叫んだ猫が灯璃の顔を引っ搔くのが見えた。

「うわあっ!!」

灯璃が猫を取り落とした途端に、猫は脱兎《だっと》の如《ごと》く走り出し、茂みを飛び越えてどこかへ行ってしまった。

「なんだよ、おまえ……その顔！」

引っ搔かれた灯璃の顔がおかしかったのか、少年たちは声を立てて笑う。

品位も何もなかったが、これくらいの羽目外しもいいのだろう。

「薬塗っておけよ、薬」

そう言いながら彼らは心配そうに灯璃の顔を覗《のぞ》き込んでいる。

「折角《せっかく》可愛い顔なのに、台無しだな」

「これくらいすぐ治るよ」

灯璃が唇を尖《とが》らせて応えるのが、耳にも届く。

「薬なら、俺が持ってるよ。おいでよ、灯璃」

「うん」

何だかんだと、灯璃は仲間たちにも認められつつあるらしい。はじめは憧たちの評判も悪くて心配だったものの、このぶんなら平気だろう。

灯璃はもともと素直で明るく、気遣いもできる。そそっかしいところが玉に瑕《きず》だったが、人一倍頑張り屋なので、その分を挽回《ばんかい》することは難しくないようだった。道楽でこの郷に来たのならばすぐに音を上げて家に帰るだろうと思っていたが、そんなことはなかった。寧《むし》ろ、意外なほど懸命に仕事に励む姿を見ると、彼に対して偏見を持っていたことが恥ずかしくなる。

聚星は自分が穏やかな瞳で灯璃を見つめていることに気づき、苦い笑いを漏らした。

灯璃の美点を知っているのは、自分だけでいいはずなのに。

なのに、彼が人から嫌われているのを見ると放っておけなくて、つい、手を差し伸べてしまう。

「……何をしているんだか」

突き放して追い出してしまわなくては、灯璃のためにはならないとわかっていながらも、目を離せずにいる。

愛しいと気づいてしまった瞬間から、もう、だめだった。

坂を転がり落ちるように、灯璃への感情は募る一方だ。

子供なんて相手にしないはずだったのに、それどころか、客以外には情を移さぬつもりだったのに。いつしか聚星は、己の作った規則を踏み越えてしまうかもしれない。

それに、我ながら困惑していた。

戦災孤児の施設で共同生活を送ってきた聚星にとって、年下の少年たちは常に守るべき存在であり、情欲とは無縁の場所にいるべきものだった。ゆえに、年齢的にも子供としか思えぬ相手には手を出すつもりもなかったし、幸い、店の規則のおかげで子供の客が来たことがなかったのだ。

……可愛い、か。

灯璃がたまらなく可愛い。抱き締めてぬくぬくと育てて、いっそ猫のように手元に置いておきたい。

「くそ……」

小さく呟いた聚星に、背後から「聚星様」と声がかけられる。遠慮がちな声音は如水のものだった。

「どうした？」

如水は片膝《かたひざ》をつき、「彩夏様から、文が」と恭しく書簡を差し出した。

「ああ……」

聚星がそれを開くと、彩夏が訪ねてくる日が記されている。几帳面《きちょうめん》な彼らしさが表れており、思わず笑みが零《こぼ》れた。

「彩夏様がお見えなのですか？」

「ん」

聚星は軽く頷く。

「三日後には来るそうだ。いい酒を用意してやらねばならんな」

「酒も過ぎれば躰に悪うございますが……」

「彩夏はあの顔でうわばみだ」

くっくっと笑った聚星は視線を上げて蒼穹を見やる。

「ともあれ、彩夏が来るとなると、雨が降るな……」

「あの方は、雨男ですから」

一点の曇りもない空は美しく、聚星は目を細めた。

彩夏が来るというのならば、ちょうどいい。このあたりが、もう潮時だ。

灯璃を突き放す、決定的な出来事になるはずだった。

9

朝からしとしとと雨が降り、玄関の鸚鵡《おうむ》はご機嫌斜めだった。おかげで、今日は午前中から「雨だ」「雨だ」と喚《わめ》いている。

入り口に焚《た》く香を確認していた灯璃《とうり》は、人がやってくる気配に顔を上げた。

東昇閭《とうしょうりょ》の扉が開き、玉でできた簾《すだれ》を通って、すらりとした青年が現れた。

「いらっしゃいませ」

青年の手から傘を受け取った灯璃は、顔を上げてはっと息を呑《の》む。

歳《とし》の頃は二十歳過ぎだろうか。

青年の顔立ちはどきりとするほどに美しかった。

二重の瞳はつり上がりがちで、どこか高慢そうな険のある表情が、彼の美貌《びぼう》をより一層娟《けん》麗《れい》なものに見せている。

黒に近い濃紺の衫《さん》が、青年の涼やかな美貌を引き立てる。指先までもが美しく手入れされ、彼がどこぞの大金持ちであることは一目で知れた。

「そなた、新入りか？」

声音さえもどこか上品で、灯璃はぽうっと頬を染める。

「はい。灯璃と申します」

「私は雨彩夏《うさいか》。聚星《しゅうせい》はいるか」

聚星の客というのも頷けるほどに、端麗な青年だった。この閭《りょ》で二番人気の莉英《りえい》にもひけをとらないだろう。

雨は夏を彩る……か。風雅な名前も彼に相応《ふさわ》しいように思えた。

「これはこれは彩夏様！」

あちらから飛んできたのは、如水《じょすい》だった。

「お早いお着きですね。この雨なのでもう少し遅れるかと」

「降り出しそうだったので、早く宿を出た」

「それはよろしゅうございました。さあ、どうぞこちらへ」

くっと顎を持ち上げた青年は、如水の後をついて聚星の部屋へ向かう。お茶の注文でもあるだろうと、灯璃も彼らに従った。

「彩夏様。お待ちしておりました」

聚星がにこやかに笑ったが、彩夏は不機嫌な顔をしたまま「ああ」と言ったきりだ。

東昇閭一の売れっ子である聚星に相手をしてもらえて、嬉しくないのだろうか。

「灯璃、酒をお持ちしなさい」

聚星がそう命じたので、灯璃は「はい」と精一杯優雅に頷いた。

階下の厨房《ちゅうぼう》へ向かうと、既に支度は調っている。あらかじめ、聚星が酒もつまみも指示を済ませており、酒はこのあたりで手に入る中では最高級の古酒だ。その待遇からも、彩夏がどれほどの上客かというのは容易に想像がついた。

「灯璃。彩夏様が来たんだって？」

小豊《しょうほう》に話しかけられて、灯璃は曖昧《あいまい》に頷いた。

「そう。すごく綺麗な人だね。どこかの王族みたい」

「まあ、陽都《ようと》ほどたくさん国があれば、王族なんて掃いて捨てるほどいるよ」

声を立てて笑った小豊は、不意に真顔になった。

「でも、彩夏様が来てるあいだは、聚星様の部屋にはあんまり長居しないほうがいいらしいぜ。如水に何もかも、任せておいてさ」

「え？　どうして？」

「おまえには刺激が強すぎるってこと」

閨房《けいぼう》のことに関しては、皆がそう言って灯璃を遠ざける。彼の言葉の意味することを解せずに灯璃は小首を傾げたが、小豊は「大人って難しいよなあ」と呟くだけだった。

ともあれ、遅れてはいけない。

灯璃は聚星が買い集めた酒器のうち、青が艶やかなものを用意し、おっかなびっくり階段を上がっていく。

しゃらしゃらと質素な髪飾りが揺れるが、その感覚にもだいぶ慣れた。ゆったりとした袴《はかま》の裾を踏むこともなくなったし、このごろの自分はだいぶまともになったと……思う。

部屋の入り口でぺこりと頭を下げると、灯璃は室内に向かって声をかけた。

「失礼します」

返答があったのでそのましずしずと足を踏み入れると、長椅子《ながいす》に座った二人は相変わらず距離を保ち、どこかよそよそしい。

「商いはどうなのですか、彩夏様」

聚星が問う言葉にもあまり意味がないようで、灯璃は彼らの関係を訝《いぶか》った。

「べつに」

彩夏はそっぽを向いたまま聚星と視線を合わせようともしなかったし、聚星もそれを気にも留めていないようだった。

「ああ、ありがとう、灯璃」

「この新入りは、おまえ付きの僮なのか」

一度だけ、彩夏が灯璃をちらりと見つめる。

「いずれは、如水の後任となる予定です」

「……ふん」

彩夏は細い眉を顰めて灯璃を睨《ね》めつけた。

「年端《としは》もいかぬ子供を雇うのは、あまり感心できぬ」

思ったよりもまともなことを彩夏が口にしたものだから、灯璃は驚きを覚える。

「成人はしております。彩夏様は子供はお嫌いですか」

「嫌いではないが、感心しないだけだ」

彩夏は素っ気なく告げて、杯を口許《くちもと》に運ぶ。すうっと紅唇《こうしん》に酒が吸い込まれていく様も、ひどく美しくて見惚《みと》れかけてしまう。

「――灯璃」

「あ、は、はいっ」

ぼんやりと彩夏に見入っていた灯璃は、聚星の言葉にやっと我に返る。

「あと一刻も経《た》ったら、食器を片付けにきなさい。彩夏様は、食べ物の匂いが部屋に残るのがお嫌いなんだ」

疑うべくもない言葉に、灯璃は「かしこまりました」と頷いた。

陰雨《いんう》のせいか客足はぱたりと途絶え、東昇閣は退屈なものだった。

僮たちもすることがなく、それぞれにお茶を飲んで世間話をしていた。

夢中になって詩作の勉強をしていた灯璃は、約束の一刻が経ったことを唐突に思い出した。

——いけない。

慌《あわ》てて聚星の部屋へ向かった灯璃は、軽く扉を叩く。

返答はなかったが、片付けろと言われたのだから言いつけに背《そむ》くわけにはいかず、そのまま部屋に滑り込んだ。

室内に聚星と彩夏の姿はない。

ということは、閨《ねや》に向かったのだろう。

こんなときに聚星の私室に入ったのは初めてだと、灯璃は頰を染めた。

つまみには手をつけなかったのか、卓には使用された酒器が転がっている。

それに手を伸ばした灯璃は、閨房から物音が聞こえるのに気づき、身を強張らせた。

鼓動が、跳ね上がる。

「…………」

微かな声音と衣擦《きぬず》れ。寝台が軋《きし》む音。

ばくばくと心臓が脈打ち、灯璃は手にうっすらと汗が滲《にじ》むのを感じた。

そこに異質な響きが混じった気がして、灯璃は引き寄せられるように寝室へ近づいていた。

「ああっ……いや、いやっ……」

彩夏の声だった。

聚星は服を脱ぐこともなく、彩夏を組み敷いていた。

驚愕《きょうがく》に、灯璃は呆然《ぼうぜん》と立ち尽くす。

動けなかった。

彩夏は聚星の手で目許を隠されており、その唇からはひっきりなしに甘い声音が紡がれていた。灯璃にはよく見えないが、ひどく卑猥《ひわい》な真似をしているのは、一目瞭然だった。

「……義兄上《あに》……あにうえ…っ……いい……」

嬌声《きょうせい》というのだろうか。

先ほどまでの険のある表情が嘘のように、彩夏の口許は快楽に緩んでいる。

気怠《けだる》さと切迫した響きを帯びた声音は、灯璃の耳に突き刺さった。

そして。

「いいのか、彩夏」

細身の彩夏を組み敷くのは、灯璃の知らない男のようだった。

どことなく厳しく苦しげな表情も、掠《かす》れた声も、吐息も。

全部が、聚星であって聚星でないのだ。

——嫌だ!

心臓が激しく震える。

嫌だ。嫌だ……嫌だ。

聚星が誰かに触れている。

それは彼の仕事だとわかっているのに、なのに……こんなに、苦しい。辛くてたまらない。

——凍りついたように、足が動かなかった。

「こんなに酷くされているのに？　それでもいいのか？」

激しく突き上げながら、聚星が問う。

「うんっ……うん、…いい、いい……っ……」

先ほどまでの権高さが嘘のように、彩夏は快楽に咽《むせ》んでいた。聚星の腰にしっかりと脚を絡め、離そうとしない。

凄《すさ》まじい乱れ方に、灯璃のほうが驚いたほどだ。

「もっと…、……義兄上…ッ！」

彩夏の肢体は爪先《つまさき》まで美しく、ぴんと緊張に張り詰めた足が緩急をつけて跳ねる。

「……出して……お願い…っ…、中…で……」

「だめだ。堪《こら》えろ、彩夏」

いつになく冷ややかな声で聚星が言うのを聞き、漸《ようや》く呪縛《じゅばく》が解ける。

急いで踵《きびす》を返し、片付けの途中だった卓上に手を伸ばした。驚愕に手は震えていたが、なるべく丁寧に酒器を扱い、それらを持って階段へと向かった。

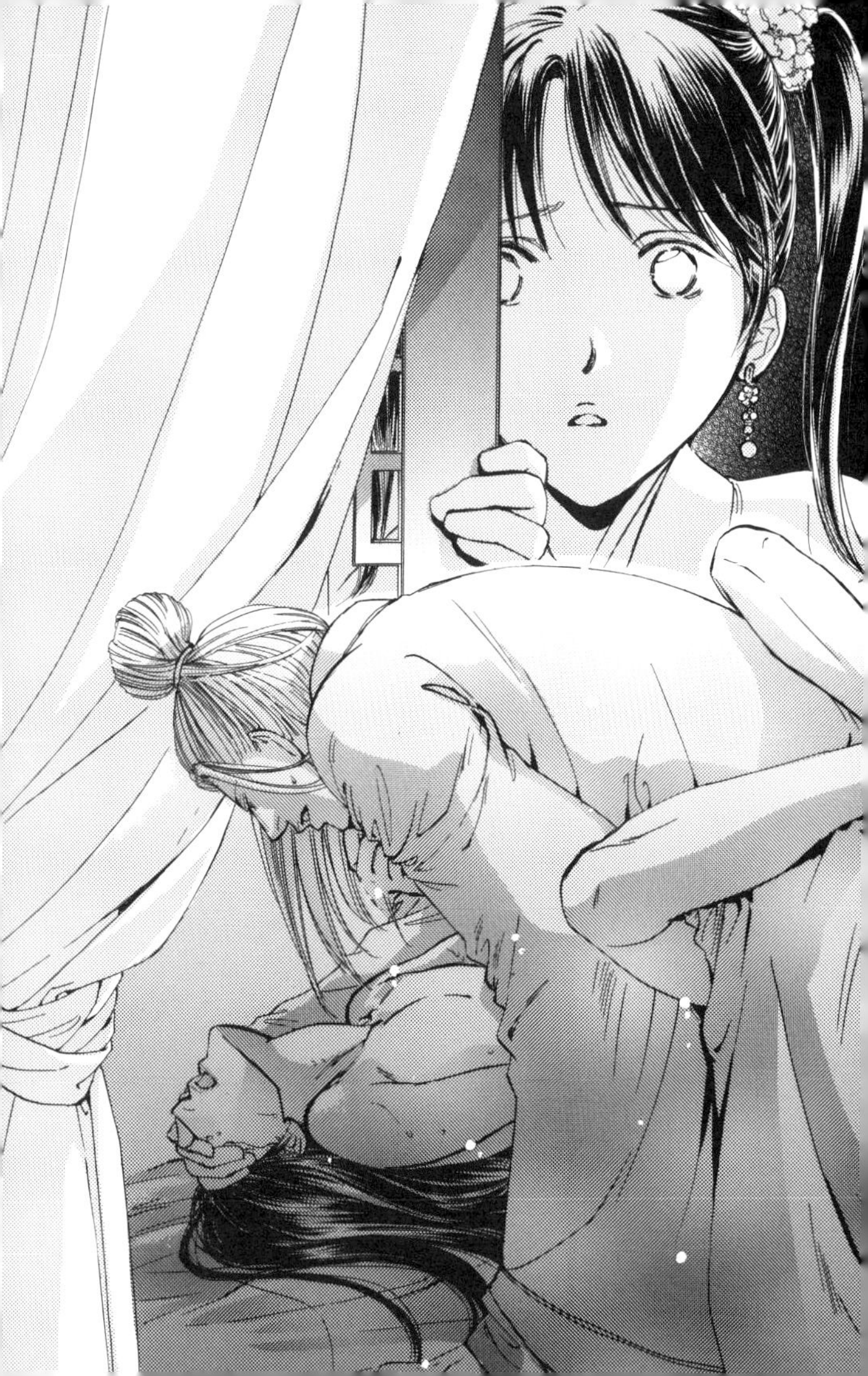

心臓が、ばくばくと震えている。
頭がくらくらしてきて、立っていられそうにない。
灯璃は階段から足を踏み外さないように心がけつつ、急いで厨房へ向かった。
苦いものが喉元《のどもと》まで込み上げており、今にも吐いてしまいそうだ。
「これ、ありがとうございました」
そう言って酒器を返した灯璃は、それ以上は耐えられず、勝手口から外に飛び出した。
信じられなかった。
夢だと、嘘だと言ってほしい。
涙が溢れ出した。
聚星が、あんなふうに誰かに触れるのを見たくない……！
灯璃は木立の狭間《はざま》にうずくまり、声を押し殺して泣いた。
思い出してみれば、この閣に来てからというもの、灯璃が泣くのは初めてだった。
だけど……こんなに傷ついている理由が、わからなかった。
どうして、嫌なんだろう。
なぜ、こんなに苦しくて辛いのだろう。
聚星がほかの人に触れているという、その事実が。
仕事だからいいと、これまでに自分に言い聞かせていたではないか。

なのに、いざその現場を目にすると、悲しくてたまらない。

灯璃は衝撃に打ちのめされていた。

こんなに傷ついて、こんなに苦しい……そのわけは？

——聚星が特別だからだ。

聚星にだけは、嫌われたくない。幻滅されたくない。見限られたくない。

いつもいつも必死で、灯璃は聚星のことばかり考えてきた。

それは——きっと……好きだからだ。

特別というのは、おそらくそういうことなのだろう。

自分は、聚星のことが好きなんだ。

好きだから、あんなにも必死だった。

ただの憧れという単純なものではなくて、好きで好きでたまらなくて、だから、ここに売られたときも自分の情けなさを知られたくなかった。

己の弱さを、見せたくはなかった。

せめて、対等になって聚星の前に立ちたかったのだ。

「うそ……」

かあっと頬が熱くなってきて、灯璃は自分の両手で涙に濡れた頬を包み込む。耳まで熱いことから、鏡など見なくても自分が真っ赤なのだろうとわかった。

でも、だけど……どうして聚星は自分に秘事を見せつけたのか。酒器を片付けろというのは、そういう理由があったはずだ。

あんな場面を見せつけられたら、灯璃が誰よりも痛手を受けることくらい、人情の機微《きび》に聡《さと》い聚星にはわかっているはずだ。そういった敏感さがなければ、この仕事はやっていられないからだ。

——そんなに、嫌われてた……？

不意にその思いが胸に込み上げ、灯璃ははっとした。

鬱陶《うっとう》しいと、思われていたのだろうか。

表向きは灯璃を一人前の男妓に育てようとしてくれていたが、本当は自分を嫌っていたのではないか。

子供のくせに一途《いちず》に聚星を追いかける灯璃が鬱陶しくて、忌々しくて、聚星は単に灯璃をそばから追い払いたかったのかもしれない。

だから、あんな卑猥《ひわい》な場面を見せたのではないか。

それに、いつか自分もああいうことをしなくてはいけないのだ。

いっそ、その相手が聚星ならいいのに。

たった一度だけ触れられた夜のことを、灯璃はせつなく思い出していた。

夜も更けたころ、灯璃は四海《しかい》に呼ばれて彼の居室へ向かった。

「突然厨房を飛び出したから、足抜けかと思ったぞ」

長椅子で胡座《あぐら》を掻いて猫を撫でていた四海は、灯璃が入ってきても顔を上げずに言った。

「え？　お気づきだったんですか？」

「隅で饅頭《マントウ》を食べていたが、気づかなかったか？」

四海は声を立てて笑って、面《おもて》を上げると灯璃を悪戯《いたずら》っぽく見やった。

「もう立ち直ったのか？」

どうやら、彼は何もかも見透かしているようだし、隠し立てしても仕方ないことだ。

「……一応」

灯璃はこくりと頷いた。

「そうか。悪かったのう。彩夏がこの店に来るのは久しぶりでな。もう用がないのかと思ったが……」

四海は、さも申し訳なさそうな顔で告げる。

先ほど見た衝撃的な光景を思い出すと、言葉も出てこなかった。

まだ、胸が痛い。

好きな人にあんな場面を見せられて、耐えきれる人間がいるかどうかを灯璃は知りたかった。

「——あの方は、聚星様のご兄弟なのですか？」

漸く声を出せた灯璃がおそるおそる問うと、四海は至極真面目《まじめ》な顔で首を振った。

「彩夏は聚星の上客じゃ」

「では、義兄弟とか？」

陽都の者たちは、かなり気の合った男同士は義兄弟の契りを結ぶことが多かった。そのときもどちらが兄になるかは、年齢で決まるわけではない。より慕われるほう、頼りになるほうが兄となるのだ。

「いや。あの二人は単なる男妓と客の関係だ」

「じゃあ、どうして？」

灯璃はついつい踏み込んだ質問をしてしまう。

切迫した声の調子も、必死になって聚星に縋《すが》りつく指先の震えも。

どれもが演技や悪戯には見えなかった。

「彩夏は道ならぬ恋に悩んでいてな。躰の疼《うず》きに耐えかねると、聚星の許《もと》へ来る」

どういうことなのかと、灯璃は眉を顰めた。

「聚星の声と躰つきが、焦がれる相手によく似ているのだとか」

わずかに唇を綻《ほころ》ばせて、四海は告げる。

「それだけ？　では、聚星は身代わりなのですか⁉」

驚きのあまり、聚星の名前から敬称が取れてしまうが、四海は咎《とが》め立てしなかった。

「そうじゃ」

「そんなの……酷いです」

「なぜ？」

四海は簡潔に問うた。

「だって……聚星は、そのときは本気で相手をしてるんでしょう？」

彩夏は、ずるい。

灯璃は心の底から聚星が好きだ。

だから、聚星が彩夏に触れるのだって、本当は嫌なのに。

なのに、聚星を身代わりにするなんて酷いじゃないか。

「それはな。そのときは相手に恋をしなくては、娼妓などつとまらぬ」

「でも、相手が本気じゃないなんて……」

「それを騙《だま》し合うのが、娼妓というものだ。聚星はそんな相手を選ばぬが、妓院の客には単に娼妓の躰が目当ての者もおる。それはどっちもどっちだ」

四海の言葉は、灯璃にはよく理解できないものだった。

長椅子に横たわった四海は「ふむ」と呟く。

「おまえもまだまだ子供じゃのう、灯璃」

「いけませんか」

「いけなくはない。おまえは一途で、いいところがあるぞ」

己の気持ちを隠すことができずに、灯璃はふて腐れた顔で四海を睨《にら》みつけた。

何より、自分より年下にしか見えない四海に言われるというのは、腐りたくもなる。

胸が痛かった。

聚星がほかの誰かを抱き締めている。それが聚星の仕事だとわかっていても、辛いものは辛い。

またも涙が瞳に滲み、灯璃は自分の目をごしごしと擦《こす》る。四海の前で——いや、相手が誰であろうと他人の前で泣くのなんて嫌だった。

今日は涙腺《るいせん》が弱くなってしまっているのだろうか。

「灯璃、泣くな」

「泣いてません」

きゅっと唇を噛《か》んだ灯璃は、四海を真っ向から見据えた。

「まったく、意地っ張りの強情っ張りめ。そういうところは聚星そっくりだな」

「聚星？」

灯璃は目を瞠った。

「昔の聚星はおまえみたいにちびだったが、変われば変わるもんじゃのう」

「えっと……でも、ちびって……」

「何年この遊廓を営んでいると思う？」

「……そうなんだけど、四海様って年齢がわからないから」

「ふふ」

四海は小さく笑った。

「聚星を一目見たときから、こ奴は大物になると思ったのじゃ。きちんと挨拶《あいさつ》ができた。それは大切なことだからな。そういう意味では、おぬしもまっとうな教育を受けているし、かなり有望じゃ」

挨拶が普通にできるのは、灯璃が両親から真っ当に躾《しつ》けられたせいだ。だが、それもできない者もいるというのは、太白家《たいはくや》に出入りしたときにうっすらと感じた。

「……そうおっしゃっていただけると嬉しいです」

ほかにどう言えばいいのかわからず、灯璃は声を振り絞って告げた。

「根性も据わっているし、性格もほかの男妓とはまるで違う。何しろ、あいつはすべてをこのわしに売り渡すことを躊躇《ためら》わなかった」

「すべてを？」

思わず、灯璃は聞き返した。

「あれは疲れきっておったのだ。聚星の一族を滅ぼしたのは、聚星たちが絶対の忠誠を誓っていた磬《けい》王だったからな。謀反など起こす気持ちは欠片もなかったのに、王はくだらぬ讒言《ざんげん》に惑わされてしまった」

「…………」

「聚星は兄弟を生かすために、自分の命を差し出すと言い、磬王はそれを聞き入れた。だが……嘘だった。約束を守らず、王は聚星の家族を惨殺した」

約束。

聚星が誰よりも、何よりも重んじているもの。

それを灯璃は破ってしまったのだから、嫌われるのも当然だったのだ……。

灯璃も約束を破られ、騙されるという痛みをわかっているつもりだった。でも、違った。

聚星のいう約束の重みを、これっぽっちも理解していなかったのだ。

「聚星は、己の拠《よりどころ》を守る代わりに、わしにすべてを寄越した。だから、あやつは借金を返し終えてもこの闇に留まっている。聚星が戻る場所など、人の世にはもうどこにもないからな」

何も、言えなかった。

「――灯璃。聚星を追うのはやめるか」

「どうして、ですか？」

「おまえに徒《いたずら》に希望を与えるのは酷な気がしてな」

灯璃は俯きながらも、口を開いた。

「でも、希望がなくては人は生きていけません」

それがこの郷《さと》に来て、灯璃が学んだことだった。

「おまえは、強いな……灯璃」

ふっと笑んだ四海は、手を伸ばして灯璃の頭を撫でてくれた。

「じつは、そなたを水揚げしたいと申す者がいてな」

「……俺を？」

意外な言葉に、灯璃は目を丸くした。

この闇に来てから、三か月あまり。作法を漸《ようや》く覚えたばかりの灯璃を水揚げしたいなどと言う物好きがいるとは、思ってもみなかった。

「そうじゃ。どうする」

「どうって……それこそ、四海様のお心で決まります」

「ほう、わかっているのか」

四海はおかしそうに呟いた。

「だって、俺がもっと磨けて高値がつく可能性があると思えば、お断りするでしょう。水揚げをすると言われて、俺のほうからは断れる立場じゃない」

諦《あきら》めを含んだ灯璃の声を聞いて、四海は「そうじゃの」と頷いた。

「相手が誰であっても、か？」

「はい」

灯璃は頷いた。

もしかしたら自分は、自棄《やけ》になっているのかもしれない。

「でも……あの、俺……そういう作法とか、全然知らないのですけど」

「いや、そのほうがいい。あちらは初心《うぶ》な相手をご所望でな」

「そうですか」

相手とどうやって寝るかなんて知らないから上手くいくかはわからなかったが、それでいいという変わり者ならば、構わない。

「では、この話——進めることにするぞ」

「異論はありません」

「聚星には秘密にしておいたほうがよいのだろう？」

「……はい」

この期に及んでも、まだ思っている。

これ以上、聚星に嫌われたくない。軽蔑されたくない。できることなら、やり直したいと。

あんなところを見せつけられて突き放されも、まだそう思うのだ。

自分は馬鹿だと、つくづく思った。

10

どこからともなく梵鐘《ぼんしょう》の音が聞こえ、聚星《しゅうせい》は目を細めて暮色の濃い空を見やった。今宵《こよい》は中秋の名月だが、この空模様ならばさぞや美しい満月が見られるだろう。

「どうしたんですか、聚星様」

馬車から降りた小豊《しょうほう》が、不安げな面持《おもも》ちで問う。

「いや……」

「結局、一日ですんでよかったじゃないですか。花代は二日分いただけましたし」

「おまえはしっかりしてるな、小豊」

聚星の言葉をどう受け止めたのか、小豊は羞《は》じらった様子で頬を染めた。

「出局は楽しかったか？」

「はい！　久々に外に出られて嬉しかったです。ありがとうございました」

声を弾ませる小豊に、聚星も相好を崩す。

「しかし、四海《しかい》様も珍しいな。出局におまえを寄越すとは」

付き添いに四海が選んだのは小豊で、てっきり灯璃《とうり》がついてくるものと思った聚星は、拍子抜けせざるを得なかった。

「如水《じょすい》は何だか、忙しいみたいだから」

「ああ、悪い。責めてるわけじゃないんだ」

聚星は苦笑し、小豊を見下ろした。

「ただ、おまえよりは灯璃が来ると思ったんだよ。おまえは莉英《りえい》付きになったばかりだろ」

「……はい」

小豊が物言いたげな理由は、聞かずともわかる。このところ、灯璃と聚星の関係がぎくしゃくしていると、灯璃と仲の良い小豊には如実に感じるのだろう。

このあいだ、彩夏《さいか》との媾合《こうごう》を見せたことで灯璃がひどく傷ついた様子なのはわかっていたし、もしかしたら、四海なりに気を利かせたのかもしれなかった。

避けられて、当然のことをした。

そしてまた、避けられているのをいいことに、聚星は灯璃を邪険に扱っている。

この時間の桃華郷《とうかきょう》は、それぞれの妓院《ぎいん》が開く前の華やかな賑《にぎ》わいに満ちている。殊に今宵は宴《うたげ》を開く妓院も多く、さぞや人出が多いことだろう。

中秋の名月に酒局を営みたいという要請で、古くからの馴染みの許《もと》を訪れたのはいいのだが、旦那衆は前夜に飲みすぎたため、本番を前に宴は中止になってしまったのだ。おかげで、二泊の予定が一日短くなり、折角の中秋の名月だというのにお茶を挽《ひ》くことになりそうだ。

しかし、それにしても——妙だという印象しかなかった。

酒局の依頼を受けることはあるが、泊まりがけというのはそう多くはない。殊に四海は、男妓の外出そのものをあまり好まないので、よほどのことがない限りは受けないのだ。もちろん、東昇閭《とうしょうりょ》の娼妓は待遇がいいため、足抜けしようとする者はまずいないが、四海は郷の中で遊びは完結するほうが美しいと考えているのだろう。

その点は浮世の義理もあろうから仕方ないとは思うのだが……それにしても、一体何を考えている？

「おまえ、何か聞いているのか？」

「え？」

虚《きょ》を衝《つ》かれたように、小豊はぴたりと立ち止まった。

「四海様が、俺をわざと東昇閭から遠ざけたような気がしてならん」

「えっと、それは、特別なお客様がいらっしゃるとだけ聞いてます」

「特別な客？　……水揚げか？」

聚星はそう聞いたが、小豊は「さあ」と曖昧に首を振るだけだった。どうやら小豊も、四海には何も聞かされていないようだ。

「水揚げだったら順番としては如水か。まあそれもおかしくはない」

如水がいつまでも下働きに留まっているのは、彼を身請けするはずだった劉《りゅう》家のお大尽《だいじん》が腎虚《じんきょ》してしまったせいである。

「ええ。如水が水揚げになったら、次は俺か灯璃ですよねえ」

「灯璃？　あいつは水揚げはないだろう」

「え？　そうなんですか？　おかしいなあ……」

小豊はぶつぶつと口中で何やら唱えていたが、聚星は知らぬ顔をして首を振った。

わかっていてあの場面を見せたのに、灯璃に幻滅されたと思うと、さすがに堪《こた》えた。

だが、灯璃だって、そういう光景を目にする覚悟があって遊廓に来たのではなかったのか。

所詮《しょせん》、聚星は金に応じて己の躰を供するのが役目の男妓なのだ。相手を選ぶ権利はあるものの、それだって好きか嫌いかで決められるという程度で、逆に自分から指名できるわけではない。

その代わり、聚星は一人一人の相手に恋をする。

偽りの恋であっても、相対する瞬間だけは真《まこと》になるように……と。

他人に情を注ぐのは、相手が客のときだけだ。

「因果な商売だぜ」

そう呟いた聚星に、傍らを歩いていた小豊はふっと笑った。

「なんだ、小豊」

「ううん。何となく、聚星様って感じが変わりましたね」

「俺が？」

「いつも灯璃を気にかけてて、ちょっと灯璃が羨《うらや》ましい。俺も、莉英様にそれくらい気にしてもらえればいいのに」

「莉英は俺と同じで他人のことなんて興味ないだろ。諦めろよ、小豊」

冗談めかして言うと、小豊は「そうなんですけど」と笑った。

「あいつは俺にとって……恩のある方の孫だ。それに、如水が水揚げされたら、代わりに俺付きの僮《どう》にするんだからな」

「それだけですか？」

重ねて小豊に問われて、聚星は苦笑した。

「ほかに何があるってんだよ。俺は客以外に心は移さない。うちの閭《りょ》の連中なら、誰だって知ってることだ」

羽ばたきながらねぐらに帰る鳥の影が、路上に斜めの線を描く。

大きく欠伸《あくび》をした聚星は、商店に並んでいた飴《あめ》に目を留めた。

「小豊、何か買ってやろうか」

「いえ、いいです。それより急ぎましょう」

「今日なら旦那衆も来ないだろうよ」

「でも、観月の宴があるかもしれないし」

聚星はそう言ったが、いらないというならいいだろうとのんびりとした足取りで東昇閣へ向かった。

宴席に呼んでくれた旦那衆も、今日に訪ねてくることはないだろう。いくら酒だけとはいえ、乞《こ》われて武芸まで披露したのだ。一昼夜相手をし通しだったのだから、さすがの聚星もくたくただ。

東昇閣に戻ると、やはり宴席の準備は始まっており、下働きの者たちがいそいそと立ち働いている。

「何の騒ぎだ」

「聚星。明日の帰りではなかったのですか」

相変わらず美しく髪を結い上げた莉英は、聚星の許へ近づいてくる。

「旦那衆がお疲れで、一日でお役御免になった。それで、この騒ぎは？」

「水揚げですよ。ご存じないのですか」

どこか皮肉の籠《こ》もった口ぶりに、聚星は眉を顰めた。

「中秋の名月に水揚げの宴とは、また風雅だな。如水が決まったのか？」

「いいえ」

莉英の口調は素っ気ない。

久しぶりの明るい話題に、行き交う僮たちの態度も表情も陽気なものだった。

「では、誰が？」

しかし、莉英は特に何の感慨もないのかつまらなそうに口を開く。

「灯璃です」

「……なんだって？」

予期せぬ名前を出された驚きに、聚星の声は揺らいだ。

「前から灯璃に目をつけていた旦那が、申し出たんだとか。四海様も二つ返事で」

「あいつはただの見習いだろう？」

「私には、僮の一人という認識しかありません」

どういう、ことだ。

俄《にわか》に不吉な予感が込み上げてきて、聚星は眉を顰めた。

「灯璃はどこだ」

「およしなさい。今は、酒宴の真っ最中ですよ。あなたが自ら、野暮な真似をなさるのですか？」

冷酷に告げた莉英に行く手を阻まれ、聚星は舌打ちをする。

「どんな者であろうと、いずれは水揚げの日が来る。来ないよりはいいでしょう？」

「ご忠告ありがとう」

聚星は憎々しげに答えると、真っ先に四海の部屋へ向かった。

「四海様！」

ばん、と扉を開くと、寝転がっていた四海は、猫をじゃらしながら退屈そうにこちらに視線を向ける。

「なんだ、藪《やぶ》から棒に。あと一刻はかかると思ったが、早かったのう」

ということは、四海は今回の出局が一泊で終わることを予期していたに違いない。

「灯璃が水揚げされるってのは、本当なのですか」

「おや、耳が早い」

四海はまるで興味がなさそうな様子で、のんびりと答えた。

「私に何の相談もなしで、ですか！」

「おまえはただの男妓で、わしはこの閭の経営者じゃ。おまえ付きの如水ならまだしも、灯璃はそういうわけでもないからな」

彼の言い分ももっともだった。

しかし、だからといって灯璃が売られるのを黙って見ていろというのか。

「どういうことですか！　灯璃は関《かん》一族にゆかりの者だというのに、そんなふうに無下に扱っては……」

「無下に扱った覚えはないぞ。それに関家にゆかりの者だからこそ、わざわざ太白家《たいはくや》から買い取ってやったのじゃ。同じように売られた身でも、窯子《ようし》でひたすら客を取らされるのは、さすがに哀れな話だからのう」

「売られた……？　あれは見習いではないのですか？」

「そんな都合のよい話があるか。灯璃に頼まれて、黙っていただけじゃ」

だったら、灯璃の必死さも、再会したときの不審な態度にも納得がいった。

四海は酷薄な笑みを浮かべ、聚星を上目遣いに見やった。

「どちらにせよ、一度売ると取り決めた以上、よほどの事情がない限りは、灯璃が水揚げされるのを止めることはできぬ」

「しかし、関家の大旦那がそんなことを許しますまい」

「大旦那はお亡くなりになって、代替わりしたのじゃ。あの方は、娼妓を悲しませたくないから、自分が死んでも教えるなと常々おっしゃっていてな。それで、噂が広まらぬようわしが術を使った」

「な……」

いくら自分でも、代替わりすれば灯璃の境遇の変化くらい気づく。

「では、誰が灯璃を水揚げするのですか？」

少なくとも、この閻の客で――特に、普段灯璃と接する機会のある聚星の客の中では、彼に興味を示しそうな人物は思いつかなかった。

もとより、四海は知らぬ相手に僮を売ることはない。それなりの熟客《じゅっかく》でなければ、彼は首を縦に振らぬはずだ。

「聞いてどうする」

四海の言葉は、いつになく冷たかった。

「灯璃に対して何もしてやれぬのなら、黙っていろ。よけいな情はあの子を苦しめるだけだ」

「…………」

四海の言い分はもっともで、押し黙るほかない。

「──昔、おまえはこう言ったな、聚星」

冷えきった四海の言葉に、聚星は顔を上げる。

「何もかも捨てるから、自分を買ってくれと。感情も愛情もすべて捧《ささ》げるから、金が欲しいと」

「──そうだ」

「さて、それでおまえは何を得た？」

ふ、と四海は笑む。

今更あのときのやりとりなど思い出させて、何になるというのか。

「俺にだって感情はある。べつに、全部捨てたわけじゃありません。全部捨てるのは……人には無理です」

「だが、必要ないと思っていたはずじゃ。ともすれば情念などないほうがいいと、な。おぬしほど愚かな男には会ったことがない」

四海は喉を鳴らして笑った。

「生きるなんてことは、こういうものなのさ、聚星。後悔と諦念《ていねん》の繰り返し。それでも時々いいことがあるから、人は生きていける。なのに、おまえはそれを、子供たちのためだとかこつけて、自らから投げ捨てた。己が傷つきたくないせいでな」

答えることなどできなかった。

四海の言うとおりだったからだ。

傷つきたくなかった。

ここに逃げ込めば、そういったしがらみや情念ゆえに生まれる痛苦から逃れられるかと思った。

夢のように美しい、この郷にいれば。

けれども、違ったのだ。

華やいだ空気に覆われたこの遊廓にさえも、苦しみも悲しみも存在した。

どこにいても、人は人であることから逃れられない。

感情を持つ生き物であるからこそ、こんなに苦しいのだ。

そしてそれゆえに、灯璃がたまらなく愛しいのだ。

「それに、おまえとてあの子を邪険にしていたのだろう。今更気にかけてやることもあるまい」

怒りに神経を昂《たかぶ》らせる聚星を、四海は面白そうに眺めた。

どうせ邪険にしようとしてもしきれなかったのを知ってるくせに。

「俺はあの子を、ただの見習いだと思ってたんです。だから、早く故郷に帰したかった」

「話を聞けばすぐに事情がわかったはずだ」

「灯璃が、何も言わなかったからだ……」

途端に、聚星の言葉は自らそうわかるほどに歯切れが悪いものになった。

「いくら関一族にゆかりの者だといっても、わしがそこまで特別扱いするわけがないだろうが」

「…………」

灯璃は必死で、己が売られたことを隠し通そうとしていたのだ。どうせすぐに、わかることなのに。聚星も、よもや関一族の御曹子が売り飛ばされるわけがないと、その可能性を排除してしまっていた。

売られたことを素直に言えば、聚星だってもっと優しく扱ってやれた。

だが、灯璃が本当のことを言わないから、信頼されてないことが悔しくて、聚星も意地になったのだ。自分の大人げない態度が、そこまで灯璃を追い詰めてしまったのか。

「それなら、どうしてあなたも黙っていたのですか！」

「灯璃はおまえとの約束を破ったことを、気にしていた。いい男になって戻ってくると言ったのに、それを果たせなかったからとな」

だから、黙っていたのか。聚星に何も相談できなかったのか。

今となっては、そんなことはどうでもよかった。

聚星にとって大事なのは、灯璃が戻ってくることだ。彼のあの笑顔を見ること。彼に触れること。それが何よりも大切だったのだ。

「しかし、灯璃は作法も何も知らぬゆえ、この閨の名に傷をつけるのでは」

「そういう初心《うぶ》な者をご所望でな」

あえて自分が灯璃に生々しいことを教えていなかったのを棚に上げて言ってみたが無駄なことだった。

「どちらにせよ、もう決まったことだ。納得してくれるな？」

「――――相手が、灯璃を幸せにしてくれるというのなら、それでも構いません」

約束を守ることが、聚星の美点だったはずだ。

ここでそれを破るわけにはいかないと、聚星は辛うじて自分の感情をすべて抑え込む。

「相手？　楽《がく》の田舎の大尽でな」

「心当たりはないが……まさか、一見《いちげん》の客ではないでしょうね」

「もともと、その者は随分前から灯璃の身請けを希望していたのだ。おまえが知らなかっただけだ」

さすがにむっとした聚星は思わず四海の襟首を摑みそうになったが、それをすんでのところで堪える。

「おや、客人が来られたようだ」

「宴は始まっているのではないのですか？」

「まだだ。少し到着が遅れていたのでな」

ということは、莉英に謀《たばか》られたのかもしれない。彼ならば面白がってそれくらいはやりかねないと、聚星は心中で舌打ちをする。

……要するに、聚星の気持ちなど莉英にはお見通しだったというわけか。

「あれが今宵の客人だ」

四海が水盤を指さすと、揺れる水面には見覚えのある男が映っていた。

時折四海が見せる、仙術の一つである。

「――これは……明正《めいしょう》……？」

灯璃の使用人ではないか。

ただし、以前会ったときとは比にならないほどに身なりに金がかかっており、挙措《きょそ》も堂々としたものだった。

「どういうことだ」

「さて、な。今や関一族の婿養子として、意気軒昂《けんこう》の人物だとか」

理由がわからないと、聚星は眉を顰める。

「灯璃をこの郷に売り払ったのは、灯璃の伯父。明正は灯璃の許婚《いいなずけ》を寝取ったのじゃ」

「まさか！」

初めて会ったときの明正はいかにも温厚そうで、彼がそんな外道な真似をするような人物には、思えなかった。

「時として予想もせぬ真似をするからこそ、人というものは面白い。そうは思わぬか」

予想もつかないこと……だろうか？

最初から、明正の振る舞いに違和感はなかったか。

己が仕える御曹子を、あえて悪所である桃華郷に連れてくるような男だ。そこに、何か思惑があったのではないか。

なのに、自分はそんな兆候を見過ごしていたのだ。

水鏡には、なおも続きが映っている。

明正を見て表情を輝かせた灯璃が、何を期待しているのか。

聚星にはわかるような気がした。

「この男の憎悪の刃《やいば》は、灯璃をさぞや傷つけるだろうな」

「——あなたは……人でなしだ」

「とうに人であることをやめたのだ。最初からおぬしも知っているであろう？」

「店の決まりをねじ曲げて、一見の客に水揚げをさせるとは……俺を試すために、出局も今宵の水揚げも仕組んだのですね……？」

すべてお膳《ぜん》立てして、逃げたりできぬように。

くすくすと笑った四海は表情を引き締め、長椅子に寝転がって改めて問うた。

「さて、どうする」


蘭《らん》の花を浮かべた風呂で全身を洗ったあとに、灯璃は如水によって身支度を整えられた。結った髪に煌《きら》びやかな髪飾りをつけ、装身具で全身を飾る。この日のために四海が用意してくれた衫《さん》は、急ごしらえの割には灯璃にはぴったりの大きさだった。

裾のゆったりとした薄紅色の衫は、袖《そで》に刺繍《ししゅう》が施されており、腰の帯を数本たらす。服の袖は裁断したおかげでひらひらと風に揺れ、翡翠《ひすい》と金の髪飾りで頭を飾った。

「こちらへ」

「はい」

酒宴のための大広間に向かうと、水揚げをする旦那は既にそこに待ち受けていた。

奥に設《しつら》えた紫檀《したん》の椅子に腰かけ、僮に酌をさせてゆったりと酒を飲んでいる。

中秋にちなんで、今日は蜻翅《とんぼ》の脯《ほじし》に秋風のなます、桂花《けいか》酒、華月の餅《もち》が用意されている。

窓からは月明かりが射《さ》し込み、蠟燭《ろうそく》や照明のたぐいは最低限でよいほどだった。着飾った灯璃がしずしずと近づくと、酒を飲んで娼妓と話をしていた相方が振り返る。

「明正……！」

「久しぶりですね、灯璃様」

待っていた甲斐《かい》があったのだ。

やっと……やっと、来てくれた。灯璃を買い戻しに来てくれたのだ。

「待ってたんだ……明正。俺のこと、買い戻しに来てくれるって……」

胸がいっぱいになった灯璃が瞳を潤ませて告げると、明正は口許を歪《ゆが》めた。

「言葉遣いが悪い娼妓ですね。座りなさい」

皮肉げに告げた明正は、ゆったりと脚を組み替える。

「それに、何か誤解しているようだ」

明正の隣の椅子に腰かけた灯璃を見て、彼は微笑んだ。

「誤解って、俺が？」

「ええ。私がここに来たのは、あなたを水揚げするために決まっているでしょう」

「俺、を……？」

何を言っているのか、灯璃には理解できなかった。

「その約束で、この郷にあなたを売ったのですから」

どういうことなのかと、灯璃は呆然と明正の顔を凝視する。

いやに端整な明正の顔からは、どんな感情も窺《うかが》うことはできなかった。

「今の私の名は関明正と申します。さあ、酌をしていただけませんか」

「関……？」

酒器を差し出されて、灯璃は震える指先で酒を注ぐ。

「申し遅れましたが、梅花《ばいか》様と結婚したんですよ」

「梅花と？」

我《わ》が儘《まま》だがそれなりに可愛かった年下の従妹《いとこ》を思い出し、灯璃は眉を顰めた。

「はい」

信じたくはなかったが、灯璃は漸く真実を悟った。

今まで、自分を裏切ったのは伯父だけだと思っていた。

明正はいつか、灯璃を助けに来てくれるのだろうと信じていた。

――なのに。

こんな裏切りがあるとは、思ってもみなかった。

ふと微笑んだ明正は、灯璃にも杯を手渡した。

もともと顔立ちが整っていた相手だけに、こうして威儀を正すとそれなりに立派に見える。

おまけに口ぶりのそこかしこには皮肉さが見え隠れし、昔の彼とは別人のようだ。

「飲みなさい」

「…………」

蒼褪《あおざ》めた灯璃は、杯を手にして明正を見上げる。

「少しくらい酔わないと、私に水揚げされる気持ちにはなれないでしょう」

「本気なのか……？」

「あなたに嘘をついて、何か益があるとでも？」

灯璃は俯いたまま、受け取った杯から酒を口に運ぶ。

ろくに飲みつけない桂花酒だが、話ではもっと甘いはずなのに、舌にのせるとひどく苦い気がした。

「あなたがこんなところに買い取られているとは知らなかったので、捜しましたよ。手紙を下さって、助かりました」

雲行きの怪しくなった二人の雰囲気を心配してか、如水が僮《どう》に演奏を始めさせる。

「……俺を太白家に売ったのは、おまえの差し金か」

「そうです。あそこで客を取ってぼろぼろになるあなたを見たかったのですが、こちらもまた一興というもの」

淡々とした男の言葉の端々に見えるのは、明確な憎悪だった。

「いつから、俺を裏切ってた……？」

「最初からですよ」

「じゃあ、実家に戻っていたのも嘘……？」

「ええ。あなたに怪しまれないよういろいろ工作していました」

酒宴では僮たちが歌や踊りを披露したが、あまり盛り上がらなかった。明正もそのことについては、さほど期待していないのだろう。退屈そうな顔をしていたものの、特に不満を漏らすことはない。

ここで聚星でもいてくれれば、素晴らしい踊りの一つでも披露するのだろうが、彼は先日から外での宴席に出ていて不在だった。

――いや。

水揚げされるという事実を、知られないほうがいいに決まっている。

こんな惨めな気持ちで買い取られるなんて、聚星にだけは知られたくはない。

一人前の男になるという約束さえも果たせず、そして今、自分はかつて心から信じていた男と膚を重ねなくてはいけないとは。

「では、そろそろ」

明正が手を打って如水を呼び、意味ありげに告げる。

「……っ」

彼の意図に気づいた灯璃は我知らず躰を震わせたが、如水は「ご案内いたします」と恬淡《てんたん》と首肯した。

「どうぞ、お二人とも」

燭台《しょくだい》を手にし、如水は二人を閨へと導く。

普段は誰も使用していない予備の部屋は、この日のために整えられていた。

閨房は香を焚きしめており、灯璃は羞《は》じらいに頬を染めた。

「何かお入り用のものは？」

如水は静かに問う。

「何も」

短く応えて如水を下がらせた明正は、灯璃の腕を引く。化粧部屋から真っ直《す》ぐに閨房に連れていかれて、灯璃は乱暴に寝台に突き飛ばされた。

「こ、今宵の月は殊更美しい……少し愛《め》でませんか……」

震える声で決まり文句を口にしたが、明正は皮肉げに笑うだけだった。

「月などより、あなたのほうがよほど興味深い。こんなふうにあなたを辱《はずかし》めることができるとは、思わなかった」

のしかかってきた明正の表情は、怖いくらいに迫力があった。

「明正……」

灯璃を組み敷いた明正が、手始めに帯を解く。合わせ目から手を差し入れられると、衫の胸元はすぐに広がった。

「躰つきだけは多少大人びましたね。顔も随分綺麗になりましたが、男妓になるにはまだ色香が足りない」

「い、嫌だ！」

たまらなくなって、灯璃は声を荒らげる。

「どうして？　私は正当な対価を払いました。あなたに反対される謂《いわ》れはないはず」

「でも……いやっ！」

俄《にわか》に暴れ出した灯璃を、明正は体重をかけて押さえ込む。袴を抜き取られ、下肢を剝《む》き出しにされて、灯璃は「嫌だ」と訴える。

「……嫌だ……こんなの……」

兄のように慕ってきた相手と躰を重ねることだけは、どうあっても我慢できなかった。

しかも、この男が自分を裏切ったのなら、尚更許し難い。

「観念しなさい。これが総仕上げですよ」

昔から静かに響く声だと思ったが、こうして聞くと、静謐《せいひつ》よりも不気味さを覚えた。

「やだ……嫌だ……助けて……」

「諦めなさい。あなたがここに売られた以上は、娼妓としてのつとめを果たさなくてはいけない。違いますか？」

灯璃ははっとする。

「水揚げも拒むような娼妓では、東昇閣の名前を辱めることになりますよ」

灯璃は痛いくらいに唇を噛み締め、明正を見つめる。

「おまえが……そんなことを、広めるつもりか……」

「ええ」

涙の滲んだ瞳で明正を睨みつけ、灯璃は仕方なく躰の力を抜いた。

刹那。

扉がぎいと軋んだ音を立てて開き、長身の人物が部屋に飛び込んできた。

「何だ、おまえ……」

「聚星……!?」

驚愕に、敬称を忘れてしまう。

嘘……みたいだ。

もしや、助けにきてくれたのだろうか？

驚きと喜び、そして、こんなみっともないところを聚星に見られたことに、灯璃は混乱しきっていた。

どうして、と声にならずに、灯璃の唇だけが動く。

いつもの華美な服装ではなく、きちんと男子の正装になって髪を結い上げた聚星は、明正と灯璃の二人を見据えて静かに口を開いた。

「灯璃を離せ」

「お久しぶりですね、聚星殿」

余裕を取り戻した明正は威厳に溢れた口調で告げると、聚星を真っ向から見据えた。

「もう一度言わせたいのか？　灯璃から手を離せ」

「何を言っているのですか？　この子は私が買ったのですよ」

「そんなことはどうでもいい。灯璃を返さねば、おまえを殺す」

聚星が冷淡に言ってのけるのを聞き、灯璃は驚きに目を瞠《みは》る。

一体、どういうことなのだろう？

「穏やかじゃありませんね。ここの娼妓は、水揚げを邪魔する野暮だと？」

「野暮で結構。大事な相手一人守れぬようじゃ、意地は通せないからな」

聚星は明正を見据え、傲然《ごうぜん》と笑んだ。

信じられない。大事だと、言ってくれるのか。自分なんかのことを。

「怪我をしたくなければ、このあたりでやめておけ」

「くだらない。こんな邪魔をして、水揚げの費用をつり上げたいんですか？　見苦しい真似をすれば、この店の評判が落ちますよ」

「そんなことはどうでもいい」

聚星は決然と言い切った。それでもう、充分だった。今の灯璃には過ぎた褒美《ほうび》だ。

「ど、どうでもよくなんてないです！」

慌てて身を捩《よじ》り、灯璃は声を張り上げる。

「このお店はみんなが頑張ってつくってるんです。俺なんかのせいで評判が悪くなったら、台無しになっちゃう。そんなの……そんなの、絶対だめです！」

「……灯璃」

聚星が驚いたように呟く。

「なら、おまえ、こいつに抱かれるっていうのか？」

「男妓になるために、ここに売られてきてたんです！」

今更、隠すことでもない。だって、ほかに何のためにここにいるというのだ。

「だったら、俺がおまえを買う。それでいいだろう」

「そんなの、無茶です」

「俺が嫌いなのか？」

思ってもみなかったことを聞かれて、灯璃は取り乱して首を振った。

もう、何を言えばいいのかわからない。

「嫌じゃない！　俺は聚星が好きだ……でも……でも！」

「それなら、男妓なんて今すぐにでも辞める。ただの客として、おまえを手に入れてやる」

決然とした表情になった聚星は、そう言ってのけた。

「だから、灯璃。おまえが水揚げなど嫌だと一言、言えばいい。今ならまだ間に合う」

「………………」

灯璃は俯いた。

ここで自分が逃げ出せば、ただの卑怯者《ひきょうもの》になってしまう。

いい男になるという、聚星との約束も、この先二度と果たされることはないだろう。

自分に与えられた運命から、尻尾《しっぽ》を巻いて逃げ出してはいけない。

逃げるだけでは、何も解決しないのだから。

「俺は、明正を水揚げの旦那に選んだんです。だから……出ていってください、聚星」

「そのとおりです。くだらない言いがかりはやめて、出ていっていただけませんか」

灯璃を組み敷いたままだった明正は、極めて冷酷に告げる。

「なるほど。だが、そいつはあまりよくはないな」

そんな声が聞こえ、灯璃は驚きに周りを見回す。

「誰……!?」

がたがたと揺れていた窓が開き、緞子《どんす》を掻き分けるように、四海が部屋に飛び込んできた。

「そなたたちも、桃華郷の人間ならば知っておろう。娼妓たちが決して交わってはならぬ相手がいることを」

「四海……様？」

　おそるおそる、灯璃は声をかける。

　四海なのだが、何かが違う。

　声か。それとも、服装か？

「それはわしの双子の兄の四天《してん》じゃ」という声が背後から聞こえてきた。

「四海様！」

　二人が並ぶと、恐ろしいほどにそっくりだった。

「遠出する余裕がないので、四天にお遣いに行ってもらったのじゃ。すまぬな」

「かまわぬぞ、四海。なかなかに面白かった」

「出ていっていただけませんか。皆でよってたかって水揚げを邪魔するとは、無粋にもほどがある。東昇閣の名折れではありませんか！」

　とうとう明正が怒りに声を荒らげたので、四天が鼻を鳴らして笑った。

「そなた、ここで灯璃を抱けば天罰がくだるぞ」

「何？」

「桃華郷では、娼妓は己の親兄弟と交わってはならぬと決まっておる」

　四天はそう言って、一枚の紙を突きつけた。

「戸籍の写しじゃ。楽《がく》は戦がないからのう。役場に行けば、こういうものがきちんと残っている」

「え……」

灯璃は目を見開いて、四天の手から紙切れを受け取る。そこには灯璃の一族の名が連ねられ、明正が私生児であることが記されていた。

「明正。おまえの父は、関家の前当主じゃろう？」

「――よくお調べですね」

「娼妓の身許《みもと》はそれなりに洗うからのう。殊におまえは、灯璃を売るのに一番安い窯子《ようし》に頼んだと厳信《げんしん》より聞いていたから、気になっておったのじゃ」

四海の言葉に納得しかねて、灯璃は顔を上げる。

「どういう……こと……？」

「べつに、どこにでもある話でしょう。関家くらいの金持ちならば、当主に私生児の一人や二人、いてもおかしくはない」

父に隠し子がいたのは衝撃的だったが、陽都においてはあり得ないことではなかった。

「考えてもみろよ、灯璃。普通だったら、大事なご主人様を遊廓になんて連れてこないだろ。一族ごと没落してくださいって言ってるようなもんだ」

聚星が口を挟んでも、明正は特に否定しなかった。

「私はずっとあなたが嫌いでした、灯璃様。我《わ》が儘《まま》で考えなしで、甘ったれで……私のことをいつも、純粋に信じている。同じ父を持っているというのに、庶子というだけで私がどれほど苦労したか、それを言ったところで、あなたには理解することさえできないでしょう」

「でも……」

物心つく前から、灯璃は明正のことを信じていた。

明正だけは自分の味方でいてくれると、思っていたのに。

「どうせなら、男の味を覚えて道を踏み外せばいいと、この郷に連れてきましたが、あなたは子供すぎましたので、失敗しました。それで、今回はいろいろ策を練ったというわけです」

何の痛痒《つうよう》もなく言ってのけた明正は、皮肉げに笑う。

「それで自分で水揚げするのか。恐ろしく歪んでるな、おまえは」

目頭がじわりと熱くなってきて、灯璃は唇を嚙み締める。

こんなところで泣いてはいけない。

どんな痛みも悲しみも、自分で乗り越えるべきものなのだから。

「まったく、神仙の目を、人が欺けると思うのが間違いじゃ。おぬしの歪みきった性根は、私がたたき直してやろう」

四天はそう言うと、明正の髪を引っ張る。

「何をっ！」

いきり立つ明正に、四天はおかしげな視線を向けた。

「来い、明正」

「この……！」

明正は四天の手を振り払おうとしたものの、仙術なのか、どうしても振り払えないようだ。

悪戦苦闘したのちに、明正は四天に引きずられるようにして、部屋から出ていった。

「――さて」

乱れきった寝台と灯璃の姿態をひとしきり眺めてから、四海は楽しげに微笑む。

「おまえの水揚げはなしになった。次の旦那が立候補するのを待つがいい」

水揚げがまだということは、これから暫く下働きとして働かねばならないのだ。

それ自体は問題なかったが、聚星に何もかも知られてしまったということが、灯璃には恥ずかしかった。

「四海様」

口を利いたのは、聚星のほうだった。

「何じゃ？」

「先ほどの話の続きです。私に灯璃を水揚げさせてください。お願いします」

畏《かしこ》まった聚星が、片膝をついて頭を下げる。

「そなたが？　だが、娼妓は娼妓を……」

「娼妓はもう辞めます」

聚星はきっぱりと言い切った。

「私の借金は全部返したはずです。これまではすることもなくこの廓《くるわ》に残っていたが、今は違う。私は……外へ出たいのです」

「……やれやれ。うちの一番の売れっ子のくせに」

四海は言葉ほどには残念そうに思っている様子でもなく、呆然と座り込んだ灯璃の服を引っ張った。

「どうする、灯璃。こんな男でもいいのか？」

「こんな、男？」

四海の言いたいことがわからずに、灯璃は問い返した。

「こやつは傷つくのが怖いから、感情を捨てようとした。一人で必死に生きようとしたそなたとは違い、弱くて情けない男だ。すべてを一人で背負って耐え抜こうとしたおまえには、相応しくなかろう」

そんなことはない。相応しくないのは、灯璃のほうだ。

だけど、でも……ずっと、諦められなかった。

だって自分は、聚星のことが好きだから。

「外野の言い分は聞くな。俺はおまえが好きだ。大事にするから、俺のものになれ」

傲慢《ごうまん》だが、限りなく聚星らしい告白だった。

「俺、約束破ったのに……好きだって、言ってくれるの……？」

約束を破った灯璃は、聚星に嫌われて然《しか》るべきなのに。

「おまえはちゃんと約束を守ったよ。見かけはともかく、中身はいい男になった」

「本当？」

「ああ。俺に絶対に弱味を見せないように、気を張って頑張ってたんだろ。おまえは偉いよ」

もう、我慢できなかった。灯璃の瞳から、大粒の涙がどっと溢れ出した。

それを、聚星が顔を近づけて舌先で拭ってくれる。

「俺も、聚星が好き……聚星のものになりたい……」

聚星が灯璃に手を伸ばしたところで、背後からごほんというわざとらしい咳《せき》払いが聞こえてくる。はっとしてそちらに目をやると、四海は「ほどほどにするがいい」と告げて部屋を出ていった。

漸く、二人きりになる。

「ずっと、誰かに心を動かされたくないって思っていた。相手を好きになったところで、いつかは裏切られるのが浮世の定めだと。だから、俺の持っている情は全部、客に注いでやろうと決めていた」

「だったら、俺は裏切らない。聚星…様、を裏切らないから」

「俺に触られて、怯えたくせに。あれは結構堪《こた》えたんだぞ」

「怯えてないもん！　す、好きだから……聚星様のことを好きすぎて、びっくりしたんだ……」

「聚星でいい、灯璃。まったく、おまえは可愛いな」

彼は小さく笑う。

「おまえはどんなに辛くても、絶対に変わらなかった。俺との約束を守ろうとして、いつも必死で……馬鹿みたいで……おまえを見ていると、また、人を信じたくなる」

この街にいれば、変わらずにいることのほうが難しいから、と聚星は付け足す。

「おまえが信じさせてくれ」

聚星が灯璃の唇に自分のそれを押し当てる。

「灯璃、おまえが俺の灯《あか》りになってくれればいい。おまえが道を指し示してくれれば、怖くない。この郷からも出ていける」

聚星はそう囁《ささや》いて、灯璃の華奢な躰を掻き抱いた。

「――さて」

気を取り直したように、聚星は微笑む。

「俺のものになるって言ったからには、たっぷり可愛がってやる。覚悟してろ」

灯璃を自室の寝台に招いた聚星は、髪飾りを一つずつ外す。

一つ、二つ、三つ……と、無数につけられた飾りを丁寧に取り去った。

「そんなこと、いいのに」

「だめだ」

だって、彼の手が触れたり離れたりするたびに、灯璃の心臓はどきどきと脈打って、壊れてしまいそうだ。

おまけに、そのどきどきが直《じか》に下腹部に響く気がして、灯璃は真っ赤になる。

「どうした、灯璃」

至近距離に、聚星の美貌がある。彼の濃い茶の瞳でじっと見つめられると、そのまま頭の芯《しん》がぼうっと滲んで気を失ってしまうかもしれない。

「それ……恥ずかしいです……」

自分の躰が昂《たかぶ》りかけていることくらい、わかっている。その程度の知識はあった。

「おまえは感じやすいな」

低く笑った聚星は、灯璃の耳朶《じだ》を軽く嚙んだ。

かたちのよい唇に含まれたことを意識し、ますます体温が上がってしまう。

髪飾りを外したあとは、次は耳飾り。首飾り。足につけた輪も、腕輪も指輪も、聚星は丁寧に外していく。

「本気で、明正と寝るつもりだったのか」

どこか怒ったような聚星の口ぶりが怖かったが、事実なのだから認めるほかない。

「だって……仕事だから……」

「やっぱりおまえは、俺の見込んだだけのことはある。馬鹿みたいに真っ直ぐで、一途で、健気《けなげ》で……可愛いよ」

聚星はそう言って、灯璃の衣装をするりと脱がせてしまう。裸身を露《あらわ》にするのは恥ずかしかったが、聚星は頓着《とんちゃく》していないようだった。

聚星が自分で服を脱ごうとするので、灯璃は「待って」とその手を押しとどめる。

「なんだ、そんな手管くらいなら習ったのか？」

「如水が教えてくれた」

こくりと頷いて、聚星の衫の襟元に手をかけて服をそろそろと脱がせかけると、彼の引き締まった裸体が覗く。躊躇《ためら》いと羞じらいに頬を染め、灯璃はそこで手を止めた。

「恥ずかしい、か？」

膚《はだ》のきめの細かさも、灯璃のそれとは違う気がして、何だか触れるのが面映《おもは》ゆい。

「……うん」

「すぐにそんなこと、忘れるよ。安心してろ」

安心するも何もないと口にしようと思ったのに、服を身に着けたままの聚星に、寝台に組み敷かれてしまう。

「わっ！」

悲鳴を上げた次の瞬間にはいきなり唇を押しつけられて、灯璃は驚きに目を瞠る。しかし、接吻《せっぷん》はすぐには終わらなかった。

「んーっ⁉」

薄く開いた唇の隙間《すきま》から、舌が入り込む。初めて教えられたときのように、くちづけは執拗《しつよう》なものだった。熱い口腔《こうこう》をまさぐっていた聚星の舌が、上顎《じょうがく》をちろちろと舐《な》める。かと思えば歯茎の裏を小刻みに擦《こす》られて、息苦しさから灯璃の瞳に涙が滲んだ。

ちょいちょいと鼻を指で突かれて、灯璃はやっと鼻で呼吸できることを思い出す。

そのあいだも聚星は歯茎と唇の裏側を舌で探り、灯璃が唾液《だえき》を零してしまっても構わずに貪《むさぼ》った。

「む、んっ……んう……ぅっ……」

唇を吸われ、貪っているうちに、頭の奥がじわっと痺《しび》れてくるようだ。

絡んだ舌が痺れて痛くなるくらいに吸われ、顎も頬も唾液でべとべとになっている。でも、熱情をぶつけるようにくちづけられると、何もかもがどうでもよくなりそうで。

「はふ……んっ……」

角度を変えて執拗に繰り返される接吻のあいだに、唾液を注がれる。口腔を満たすのが聚星の体液だと思うと歓喜に頭がじんと痺れて、灯璃はそれを無抵抗に飲んだ。

「——相変わらず、おまえの躰は従順だな」

声を落とした聚星が、灯璃の首筋に嚙みつく。軽く歯を立てられると、痛いというよりも膚のもっと奥にある別の感覚がざわめいて、灯璃の神経をちりちりと蠢《うごめ》かせる。

「あうっ」

堪《こら》えきれずに声を上げたことを羞じらい、灯璃が思わず口許を両手で覆うと、聚星は笑いながら首を振った。

「折角感じやすいんだ。声は、我慢しなくていい」

「んっ……」

今度は舌で首筋をなぞられて、灯璃はくすぐったさと同等の曖昧《あいまい》な刺激に身を捩《よじ》った。

嫌だ。何だか……変だ。

「ちょ…っと……ちょっと、待って……」

ただ舐められているだけなのに、躰が熱くなって、下腹部がじくじくと疼いてる。脚を閉じていることができずに、灯璃は自然と膝を緩めていた。

「…やっ、耳……嚙《かじ》るの…は……」

耳の穴をねっとりと舐められて、それだけで躰からかくんと力が抜けてしまいそうだ。

震えながら寝台に横たわった灯璃が懸命に抵抗しようとしたので、聚星が訝《いぶか》しげな表情になって「なんだ」と聞いてくる。

「お、俺が……いろいろするのに」

こんなふうに、自分だけが気持ちよくなっているのはおかしいと、灯璃は聚星の上体を押し退《の》けようと両手で彼の胸を押す。寝台がぎしりと軋み、聚星は不審そうに眉を顰める。

「――ん？」

「普通、俺が聚星にいろいろするんでしょう！　このあいだ、彩夏《さいか》さんにしてたみたいに」

「彩夏……」

奇癖《きへき》を持つ佳人《かじん》の名前を出されて、聚星は一層怪訝《けげん》な顔つきになって灯璃を見下ろした。

「だ、だから！　俺が聚星を可愛がるんです。手ほどきしてもらいながら、だけど……でも！」

聚星はぼんやりと考え込んでいた様子だったが、ついでぷっと噴き出す。

漸く、灯璃の言わんとしていることがわかったようだった。

ひとしきり彼は灯璃の上で身悶《みもだ》えたあと、目尻《めじり》に浮かんだ涙を拭う。

彼がこんなにおかしそうに笑うのを見るのは初めてで、嬉しくないといえば嘘になるが……初めての夜に、ここまで笑わなくてもいいじゃないか。

「な、なんですかっ、もう！」

真っ赤になった灯璃がぎゅっと両手を握り締めると、聚星は首を振った。

「あ、あのな、灯璃。これは、相手によっては役割分担が逆になるときもあるんだ。俺は、男を抱くのが専門なんだよ」

「逆って？」

灯璃が首を傾げるのを見て、聚星はひどく優しく唇を綻ばせる。

それだけでもう、目が離せない。

「大体、俺の客と莉英《りえい》の客を比べてみろ。全然外見が違うだろ？　あいつは抱かれるのが専門だからな」

「——そういえば……」

莉英の客は軍人のようながっしりとした逞《たくま》しい男性が多いし、逆に、聚星の客は細身で女性的な客や、彩夏のような麗人が多い。

「莉英があんな連中を組み敷いてあれこれできると思うか？」

「………」

言われてみれば、そのとおりだった。莉英が彼らを組み敷いて可愛がっているところなんて、到底想像できそうにない。

「でも……俺、聚星にいろいろしたい……」

「今日はだめだ」

声を震わせて笑った聚星が顔を近づけてきたので、灯璃は反射的に目をぎゅっと閉じる。

「ほらみろ。これだけで緊張する初心《うぶ》な奴に、俺をどうこうなんて百年早い」

囁いた聚星が瞼《まぶた》にくちづけ、重ねて言った。

「より可愛いほうが大事にされるってのが、世の基本なんだよ」

聚星は改めて灯璃を組み敷き、全裸にした灯璃の仄白《ほのじろ》い膚に浮き上がる二つの突起に舌を這《は》わせる。ちくんと躰の奥から微細な感覚が湧《わ》き起こり、灯璃は躰を仰《の》け反らせた。

「やッ」

「ほら、そんなに可愛い声を出すなよ」

わざと唾液で濡らした舌先で乳嘴《にゅうし》を転がしながら、聚星は灯璃の性器に指を這わせる。勃《た》ち上がり、先走りの蜜《みつ》が滲んだ花茎《かけい》を手指で軽く包まれ、灯璃は息を詰めた。

「もう一度聞くが、あれから、俺以外の誰かに触れさせてないな？」

やけに真剣に問われて、灯璃は首を横に振る。

「……させ…てない…っ…」

一年以上前のあの夜を指していると、灯璃にはわかっていた。

「だろうな。でなければ水揚げの意味もなくなるか」

呟きつつ、聚星が灯璃のものを軽く握り込む。音を立てて乳首を吸われるむず痒《がゆ》い感覚に、下肢の付け根のあたりから疼くように何かが込み上げてくる気がした。

まるで、灯璃の躰の奥に隠された蜜を吸い上げるかのように、聚星は二つの突起を執拗に舐《ねぶ》った。

「……はあっ……あっ……ああ……」

無意識のうちに息が荒くなり、灯璃は両脚をばたつかせて寝台をぐちゃぐちゃにした。

聚星は灯璃の性器に浮かんだ雫《しずく》を指で塗り広げ、過敏な蜜口を弄《いじ》ってくる。

「やっ！」

胸を弄るか、性器を嬲《なぶ》るかのどちらかにしてくれないと、もう頭がついていかない。

「嫌、か？」

「ち、がう……けど……その、おどろいて……」

「前にもそんな反応を見せたな」

いつのまにかぬるぬるになった部分を弄られて、灯璃は甘く喘《あえ》いだ。

灯璃だって子供ではないのだから、遊廓にいる以上は、行為の意味も理由も知っている。

一度は聚星に弄られたことだってあるのだから。

でも、今は……触れられるだけで気持ちよくて、理性の針が振り切れてしまいそうだ。

「……あうんっ……んっ……、……ああっ……やあんっ……」

緩急をつけて性器を扱《しご》かれて、灯璃は何度も嫌々をする。だけど、気持ち悪かったり嫌だったりするのではなくて……気持ちよすぎて、そこからぐちゅぐちゅに溶けてしまいそうなのが怖いのだ。

今も、聚星の手指の巧みな動きに応えるように、自然と腰がもじもじと揺れてしまう。

怖くて、恥ずかしくて……なのに、どうしよう。

すごく、気持ちいい……。

「じゃあ、怖いか？　こんなことされて、辛いか？」

「ううん……」

気遣うような、それでいて愉《たの》しげな声に淫蕩《いんとう》なものを感じ、灯璃の躰はぶるっと震えた。

灯璃は髪を振り乱して、おっとりと首を振った。

「……うれしい……」

「そうか。こっちもぬるぬるさせて、気持ちいいみたいだな」

「ん……いい……」

無意識のうちに、灯璃はそう呟く。

「これが、気持ちいいか？」

「うん……」

素直に応えると、聚星は舌打ちした。

何か変なことを言っただろうかと不安に表情を曇らせる灯璃に、聚星は「おまえはたちが悪い」と告げる。

「そんな可愛いことばっかり言って、俺のことを溺《おぼ》れさせる気か？」

「え……？」

「おまえのことを、先に溺れさせておかないと、俺が骨抜きにされそうだ」

「やだっ」

囁いた聚星がそこに顔を埋めたので、灯璃は驚きに身を震わせた。灯璃の性器は聚星の口腔に飲み込まれ、あたたかな粘膜に包み込まれている。今まで感じたことのない甘い疼きに耐えかね、灯璃は身を捩《よじ》ったが、下手に動くと聚星の歯に当たってしまいそうで、怖い。

「いい子だ」

暴れないように気遣う灯璃を宥《なだ》め賺《すか》し、彼は付け根から先端にかけてを力強く舐め上げる。まるで飴を舐めるような動きに、そこからどろどろと溶けてしまいそうだった。

「ひゃっ！　…やだ…ぁっ……やあ…ん……」

自分でも信じられないくらいに甘ったるい声が漏れて、灯璃の瞳にはじんわりと涙が滲む。

「泣くな、灯璃」

「だって……だって……」

灯璃自身が零す蜜と聚星の馴染ませた唾液が相まって、上下に激しく舌を動かされるたびにぬちゅぬちゅと派手な水音を立てている。それが本能的に羞恥心《しゅうちしん》を呼び覚まし、灯璃は身を縮こまらせた。

「まだ怖いか？」

自分を怯《おび》えさせないようにと気遣う聚星の優しさが嬉しく、灯璃は泣きじゃくりながら首を振った。

「そう…じゃない……きもち、よくて……」

「よすぎるのが、嫌か？」

「……とけ…る…っ」

漸く言葉を吐き出し、灯璃は自分の恐怖を訴える。

「も…舐め…な…で……、……溶け、ちゃ…から…っ…」

「馬鹿だな。折角だから、溶けてみろ」

聚星はそう言って、一際強く灯璃の性器を吸う。

「ああッ！」

耐えられない。

灯璃はびくびくと身を震わせながら、聚星の口腔に精を放った。

「可愛いよ。ちゃんと達《い》ったな」

「ん……達った……」

無意識のうちに、灯璃はこくんと頷く。

宴の前に、如水が真っ赤になりながら教えてくれた『達く』という言葉の意味が、やっとわかった。

灯璃の放ったものを指に塗りつけ、聚星が灯璃の脚を上げさせる。そして、彼はぬめった指で灯璃の窄《すぼ》まりを撫でた。

「男同士のやり方は、もう聞いたんだろ？」

「如水に……聞いた……」

「それなら、話が早い。ここに挿《い》れるんだ」

軽くくすぐられるように入り口を弄られて、灯璃の躰はびくんと竦む。全身が汗みどろで恥ずかしいくらいなのに、また額《ひたい》に汗が滲んでくる。

「……はっ……やあ…ッ……さ、わら……」

そこを何度も執拗に撫でられて、もう、まともに言葉も話せない。

「触っちゃだめ、か？」

「うん、んっ……やだぁ……」

「ここでおまえと一つになりたい」

不意に真顔になった聚星が、身を屈《かが》めてそう囁く。間近で彼の瞳に見つめられると、頭がぼうっとしてきて。

「これ以外にないんだ」

「……聚星……」

「嫌ならやめておく」

灯璃は目を見開き、そして「大丈夫」と喘《あえ》ぎながら答えた。

そんなふうに真剣な顔をされたら、嫌だと言うことなどできるわけがない。

「いい子だ。そこに這えるか？」

微笑んだ聚星が灯璃の額にそっとくちづける。

「ん……」

言われたとおりにその場に這った灯璃に「腰を上げて」と命じた。

「──わかった……」

これ以上何かされると自分がどうにかなってしまいそうで怖いけれど、聚星を拒むことになるのなら、それは不本意だった。

「ひゃんっ」

入り口に唇を押し当てられて、灯璃は驚きに呻《うめ》いた。

「そんなに驚くなよ」

一度顔を離した聚星は、それから灯璃のそこを舌で溶かしていく。普段、誰からも触れられない慎《つつ》ましやかな部分を、聚星に晒《さら》しているのだ。

「うあっ……やっ……なに、やだ……ッ……」

「初物だから、丁寧にしてやる。怖がるんじゃない」

優しい聚星の声が鼓膜《こまく》をくすぐり、灯璃は枕《まくら》に顔を埋めて頷いた。

抜き差しされる舌の感覚が気持ち悪かったけれど、狭い部分を指で辿《たど》られるのは、なんともいえない不思議な感覚で。

「綺麗な色だな、灯璃」

あやすように灯璃の幹にもう一方の手指を這わせながら、聚星は今度は指をぐうっと沈めてくる。

「……やっ……はうん……やあ……んっ」

そんなに太くないというのはわかっているのに、酷い異物感に灯璃は左右に身を捩《よじ》った。

「気持ち悪いか？」

囁きながら聚星がくにくにと内側で指を蠢《うごめ》かすと、その刺激が直接に下腹部に突き刺さる。

「で、も……いやっ……そこ、だめ…ッ……！」

時々聚星のほっそりとした長い指が、灯璃を煩悶《はんもん》させる箇所に触れる。そこを抉《えぐ》られるたびに考えが途切れて、我ながらおかしくなりそうだった。

「ううん……なん、か……これっ……」

「中でも感じるんだな。いい子だ」

辛うじて入り込んだ聚星の指が、襞《ひだ》と襞の狭間で窮屈そうに動く。

「あうっ！」

どうしよう。どこか……変だ。こんなの、だめなのに。

なのに、解《ほぐ》すように小刻みに指が動くのを意識すると、下腹部に甘い痺れが溜《た》まっていく。

熱がじわじわと高まっていくようだ。

動かされるのが辛くて、灯璃はそこにぎゅうっと力を込めて締めつける。

「灯璃。締めつけるのはあとにしろ。それとも、これが嫌なのか？」

「…ん、んっ…うあ……きもち……いい……」

気持ちいい、と灯璃は舌足らずに繰り返す。四つん這いになっているのも無理で、かくんと肘《ひじ》を折って枕に顔を埋めたが、聚星は怒らなかった。

「可愛いよ、灯璃」

「ひゃっ！」

思ってもみないことを囁かれながら指をぐるっと回されたものだから、灯璃の下腹部でまたも熱が弾ける。

「可愛いと言われるのが嫌だったか？」

「そ、う……じゃない……」

どんな些細《ささい》なことであろうと、聚星が自分を肯定的に受け取ってくれることが嬉しかった。

嫌われていないと信じられることが、とにかく幸せで。

「聚星、……まだ……？」

「ん？　挿《い》れてほしいのか？」

からかうような口調に、灯璃は正直に頷いた。

よくわからないけど、ここに何か挿れてほしくて、躰がうずうずする。

「欲しい……」

灯璃は身を起こすと、振り返って聚星の下腹部に手を触れる。兆《きざ》しかけた雄蕊《ゆうずい》は思っていた以上に逞しく、覚悟を決めていたはずの灯璃さえもはっと息を呑んだ。

「こら、灯璃。悪戯はよせ」

灯璃の意外な行動に驚いたらしく、聚星が微かに笑う。

「でも、これで……繋《つな》がるんでしょう？」

灯璃は上目遣いに聚星を見上げ、触れたままだった楔《くさび》をそっと掌で撫でた。

だったら、きっと怖くない。

「……灯璃」

聚星のものが、手の中で脈打っている。

「俺、聚星が欲しい……早く、繋がりたい」

そう囁くと、手の中の聚星が大きさを増したような気がした。

「俺じゃ、聚星は気持ちよくなれない……？　聚星のものにして、くれない？」

「そんなふうに誘うな、馬鹿」

「だって……聚星、俺と違って、一度も違ってない」

「――灯璃」

聚星はさすがに照れたような表情になり、灯璃の額を小突いた。

「こういうときに自分だけ快《よ》くなるほど、甲斐性なしじゃないんでな」

「あっ」

優しく寝台に仰《あお》向けに押し倒された灯璃は、聚星を見上げる。少し汗を掻いているのか、額に髪の毛が張りついている。それさえもとても淫《みだ》らで、艶《なま》めいて見えて、灯璃はどきっとした。

「どうした？」

「…聚星…が……色っぽい…って……」

「俺の色気がわかるのなら、おまえも一人前だな」

掠れた声で囁き、聚星は灯璃の汗ばんだ額にくちづけた。

「灯璃。おまえを楽にさせる薬があるんだが……できれば、それは使いたくない」

「薬……？」

「ほら、おまえが掃除のときにあの小瓶に入れてくだろ」

「……ああ……」

灯璃はこくりと頷いた。

「気持ちよくするための薬だけど、最初は……嫌だ。初めてのおまえに、誤魔化《ごまか》しを教えたくない。でも……きっと、辛い」

逡巡《しゅんじゅん》する声の優しさに、灯璃はそれだけで幸福だと思えてしまう。

彼が自分を気遣ってくれている。

それでも、剝き出しの欲望をぶつけたいと願ってくれているのだ。

「辛く……ない…から……」

灯璃は微笑んだ。

ずっと好きだった。

幼い憧れのまま、灯璃は聚星の面影を抱き続けた。

そんな人に抱き締められるのだ。辛いとか苦しいとか言っていては、ばちが当たってしまう。

「いいのか？」

「うんっ…」

「後悔、するなよ」

囁いた聚星が、灯璃の両脚を持ち上げて、窄《すぼ》みにそれを押しつける。

「後悔、なん…ッ！」

声が跳ね上がったのは言い終わる前に、そこが拡《ひろ》げられて、中にぐうっと大きなものが入り込んできたせいだ。

「……、う、うー……うあ…あ…」

痛い。思わず歯を食いしばってしまい、それを見た聚星が顔を顰《しか》めた。

「そんなことしたら、よけい苦しいぞ。力抜けよ。俺も……少し、痛いからな」

「ご…めん……なさ…っ……」

嫌だ。聚星を苦しめたくない。

この躰で、いっぱい、気持ちよくなってほしいだけなのに。

「謝るな」

聚星があやすように性器を弄り、灯璃の気持ちを逸《そ》らしてくれる。後ろに食《は》むものは大きくて信じられなかったけど、聚星が中を擦《こす》って進むと、脳まで痺れるようだった。

「あふ…ぅん……」

「辛いか？」

「ううん……な、んか……おっきい……っ……」

大きい、と舌足らずに訴えると、聚星がますます容量を増した気がした。

「やだっ……聚星、おっきい……おっきくて……やんっ……やだっ…」

肉襞にねっちりと咥《くわ》えさせられたものは、気後《きおく》れするほどに大きいことが、経験の浅い躰でもよくわかってしまう。

「旨《うま》いのはわかったから、そう締めるな。力を抜け」

「…でき…な、い……、…壊れ、ちゃう……っ！」

灯璃は悲鳴を上げながら、寝台の敷布にぎゅうっと爪《つめ》を立てた。

そこが、聚星でいっぱいになっている。だけど、苦しくて息もできなくなりそうだった。

「……硬…い…の、やだっ……」

「落ち着け」

こちらを見下ろした聚星は、灯璃のものを片手で包み込む。白濁で汚れたままだったそれを、聚星はゆっくりと揉《も》みしだいた。

「はっ……ああっ……あふぅ…んっ……」

ねとねとと体液を広げるような手の動きを意識していると、次第に、気が殺《そ》がれてくる。

躰から力が抜けて緩んできたのを感じたのか、聚星が灯璃を見下ろして気遣うように問うた。

「痛いか？　それとも、変な感じなのか？」

「な、んか……変……ここ、っ……」

今は痛いというよりも、聚星を食んだ襞肉が疼き、熱を帯びている気がした。

聚星が自分の中にいるというのが、信じられなかった。食まされた大きなものを揺らめかすように中を擦《こす》られて、灯璃の唇から甘い惑乱の悲鳴が漏れた。

もう、よくわからない。痛いのに、怖いのに、苦しいのに……それ以上に、下腹が痺れる

くらいに気持ちいい。

「だったら、平気だな。よくなるはずだ」

「え……えぇっ」

軽く腰を揺すられて、性器の蠕動《ぜんどう》を直《じか》に躰で味わわされた灯璃は驚きと凄まじい愉悦《ゆえつ》に耐えかねて首を振った。

「ふっ……あ、あっ……あんっ」

必死になって、灯璃は聚星の首にしがみつく。

「……な、なに……や…ぁっ……やだ、変……あっ、あんっ……」

「気持ちいいってことだろ？」

「うんっ……いい、っ……いい、……」

自分のものではないと思えるくらいに、声が甘くなるのは、それほど気持ちいいせいだ。

聚星は逞しい腰を激しく打ちつけ、灯璃を征服しようとする。

「灯璃…」

「…い…やあっん……、うあっ……あ、あ、あ、あっ！」

過敏な襞を擦《こす》られる快楽に溺れ、灯璃の下腹部で熱が弾けた。互いの腹部を白濁で汚してもなお止まらずに、痙攣《けいれん》するみたいにびくびくと躰が震えてしまう。

「いい子だ。俺で達ったな」

聚星がうっとりと微笑み、灯璃の目許に浮かんだ涙を唇で吸い上げた。

「うん……聚星で、達った……」

彼の躰からも微かに力が抜けるのを感じ、灯璃は聚星も緊張していたのかもしれないと思い当たった。

「……聚星……聚星……っ……」

愛しさに、ぎゅっと胸が痛くなる。それに合わせて全身が引き絞られるように、灯璃はびくんと震えた。

「く……締めるな、こら……」

微かに聚星がその美貌を歪めたことが、灯璃は嬉しかった。

「わか…んなっ……」

でも、そこにおそるおそる力を入れると、聚星の表情が変わっていく。

「綺麗……」

灯璃はうっとりと呟き、彼の首に腕を回し、尻《しり》に軽く力を込める。微かに腰を左右に揺すると、聚星が低く呻いた。

「この……っ」

「…いいの……?」

とろんとした声で、灯璃は聞いた。

「聚星……いい……？　俺で、達って……？」

「いいよ、灯璃。おまえが一番……いい」

呟いた聚星が、灯璃の腰を押さえつける。

「大人を甘く見るなよ、灯璃。覚悟しろって言っただろ？」

唇を綻ばせた聚星が繋がったまま灯璃の躰を持ち上げ、自分の膝に座らせてしまう。

「やだっ！」

繊細な襞の奥深くに肉杭《にくくい》を食い締めることになり、灯璃は一際高い声を上げた。

それに頓着せず、灯璃の腰を摑んだ聚星は、華奢な灯璃の肢体を乱暴に揺する。

「あんっ……ああ、あっ……あんっ……いい……っ…」

気持ちいい……。

「出すぞ」

「出して……」

ねだるように訴えた灯璃の中で、熱いものが広がるのを感じた。


「ん……」

目を覚ました聚星は、腕の中に灯璃がいないことに驚いて躰を起こす。

昨晩酷くしすぎたことに傷つき、逃げ出してしまったのだろうか。

灯璃の肉体はあまりにも甘美で、愛しくて、つい度が過ぎてしまったのだ。

――俺としたことが、情けない。

慌てて寝台から滑り降りてそそくさと身支度を整えた聚星は、開け放った窓の向こうから華やいだ笑い声が聞こえるのに気づいた。

竹林の一角にある東屋《あずまや》で、卓を囲んだ灯璃が四海・四天とともに茶碗を手に、お茶を飲んでいるようだ。

まったく、朝から元気なことだ。

安堵しつつ欠伸を嚙み殺して庭に向かうと、灯璃たちは何事かを話し合っている。

「……何をしてるんだ」

「何って、お茶を飲んでるところです。……あ、おはようございます」

大理石でできた卓は中央に薔薇《ばら》の文様が彫られており、四海の自慢の逸品の一つだ。

四海と四天の二人に囲まれ、灯璃はにこにこと笑っていた。

頰は薔薇色に輝いており、彼が幸福であるということは、それだけで見て取れる。

「遅いぞ、聚星」

「仕方ないです、四海様。聚星はずっと忙しくて、お疲れなんです」

さりげなく取りなしてくれる灯璃のそつのない物言いに驚きつつも、聚星は彼らをまじまじと眺めた。

今日は四海が白、四天が黒、そして灯璃が赤い衫――とそれぞれの色の対比が目にも鮮やかな衣装を身につけている。

どれほど可愛らしくとも、そのうちの二人は仙人なのだ。滅多に会うことはないが、四海に双子の兄がいるとは知っていた。おそらく四天も、腹の内はどす黒いに違いない。

「灯璃。この二人はおまえと同年代に見えるかもしれないが、それは錯覚だ。本当は腹黒く恐ろしい奴らなんだぞ。騙されるなよ」

聚星が言うと、灯璃は「そうかな？」と首を傾げる。

「なんじゃや、聚星。起きるなり人を誹謗《ひぼう》するとは」

「そうですよ。俺、お二人に相談に乗ってもらってたんです。聚星がこのあと、どうやって食べていくか」

「何しろ、聚星、おまえは無職だからのう」

四海がにやにやしながら言った。

「おまえは、この先は灯璃の細腕で食べさせてもらわねばならんというわけだ。図体《ずうたい》のでかい大食らいの紐を持って、灯璃も可哀想に」

四天が目頭を押さえる真似をしたので、聚星はむっとした。この二人はそうやって、時々大人をからかうのだから、たちが悪い――尤も、二人とも大人を通り越して老人の域ではあ

るのだが。

今回のことだって、灯璃にほだされた四海が仕組んだに決まっている。とんだ茶番ではないか。

「灯璃のことは、俺が落籍《らくせき》するに決まってるでしょう。灯璃を無駄に心配させるのはやめてくれませんか」

「俺、心配してないよ、聚星」

灯璃がけろっと言うものだから、聚星は拍子抜けしそうになる。

「自分の働きで聚星を食べさせることができれば、これぞいい男の証《あかし》って思うもん！　暫く、ここで働くよ」

「だめだ。それに、おまえは十分いい男だって言っただろ」

聚星は灯璃の背後に回ると、その両脇《りょうわき》に手を差し込んで躰を持ち上げてしまう。

「痛ッ」

「ほら、無茶をしてたくせに」

「でも……」

「寝かしてやるから、俺の部屋に来い」

聚星はそう耳打ちすると、自分の胸にすっぽり納まった灯璃を抱き締める。

「聚星、娼妓を辞めたらあの部屋は……」

「無職だから返せっておっしゃるんですか？　せめて身の振り方が決まるまで、貸してくれてもいいでしょう」

「仕方ないな。日割りで貸してやろう」

四海がにやにやと笑いながら、聚星を見やった。

「とにかく、俺の身の振り方は俺がちゃんと考えますから、お二人はあの明正って奴をしっかり懲らしめてやってください」

聚星は言い切ると、灯璃を肩に担いで歩き出した。

「あの……聚星」

「いいか、灯璃。膚を重ねた朝は、相手のそばにいるのが風情があるってものなんだ」

「風情？」

「うん。朝、目が覚めたときにおまえの顔を見られないと、俺は淋しい。——わかるか？」

部屋に戻った聚星は灯璃を寝台に下ろし、改めて彼の瞳を見つめて告げる。

「じゃあ、今はおはようから、やり直せばいいの？」

「いや……折角だから昨日の夜の部分からにしよう」

「それはだめだよ！　こういうのは夜にしないと……！」

聚星がもう一度灯璃を抱こうとすると、彼は弾かれたように首を振った。

「まったく、おまえは初心だな」

聚星はくすっと笑って、灯璃の鼻面に唇を押し当てる。

「その代わり、夜になったら俺が聚星を誘惑するから」

「……おまえにはまだ無理だよ」

いくら握りこぶしを作って言われたって、微笑ましいだけだ。

「だって……娼妓ってそういうものなんでしょう？」

「おまえも俺も、この仕事は辞めるんだ」

意外なことを聞かされたとばかりに、灯璃は首を傾げた。

「俺は娼妓の仕事に誇りを持ってるが、だからって、おまえが誰かに触れられるのは嫌なんだ。おまえだって俺が誰かを抱くのは嫌だろ？」

「うん……」

「だから、この先どうやって暮らすか、二人で一緒に考えよう」

「はい！」

灯璃が嬉しそうに笑ったのを見て、聚星もまた目を細める。

「おまえも、ちゃんと俺のことを満足させろよ？」

「そんなの、簡単です！」

「どうだかな」

聚星はそう呟いて、灯璃の唇を啄《ついば》んでやる。戯れのような接吻でさえも真っ赤になる灯璃を見て、「これくらいで、赤くなるようじゃな」とからかう。

「待っててくれれば、すぐに慣れるもの」

こんな幸福があるとは、思ってもみなかった。

今度は灯璃を手元に置いて、成長するところを慈しみながらともに過ごせるのだ。

「急がなくて、いい。待っててやるから、そう簡単に大人になるなよ」

「待つって……約束してくれる？」

「勿論」

「俺、ちゃんと……すごく色っぽくなるから」

今の灯璃と色気という言葉を結びつけるのはなかなか難しかったが、目標があるのは悪くはない。

「楽しみにしてるよ」

「本気にしてないでしょう？」

拗ねたような灯璃の口調がおかしく、聚星は声を立てて笑い、彼の唇にまたも触れる。

「してるよ。これが、約束の印だ」

それに、こうして甘い戯れを重ねていれば、そんな宵はすぐにやってくるだろう。

だから、待つことさえも今は楽しみに感じられてしまう。

思ったよりも灯璃に溺れている自分に呆れつつも、聚星は彼に「愛してる」と耳打ちをする。そして、もはや戯れとは言えぬほどの、深い深いくちづけを仕掛けた。

雨夜の戯れ

馬車はゆるやかな坂を下り、雨彩夏《うさいか》は物憂げな表情で自宅への道を辿《たど》る。

単調な揺れはまるで何かの音律のようで、彩夏は目を閉ざした。

躰《からだ》が、まだ熱い。

馬車が進むごとにちりちりと陽光が膚《はだ》を灼《や》き、彩夏の臓腑《ぞうふ》をも焦がすようだ。本来ならば歩いて帰るほうが時間稼ぎになるが、もとより彩夏は丈夫なほうではない。そのうえ娟麗《けんれい》な美貌《びぼう》のせいで絡まれやすく、与《くみ》しやすいと思われがちだ。舐《な》められて山賊に襲撃されかねないと、よほどのことがない限り、遠方には馬車で行き来することにしていた。

……暑い。

汗が流れるのは、陽射《ひざ》しのせいか。もしくは、体内の熱の名残《なごり》なのか。

彩夏は「止まれ」と御者に命じる。

「この近くに、休めるような場所はあるか？」

「でしたら、泉がございます。あと半刻も走れば着くかと」

「では、そこで降ろしてくれ」

「かしこまりました」

御者が覚えていたとおり、すぐ近くに小さな泉があり、彩夏は休憩を取ることにした。

泉に腰を下ろすと、彩夏は沓《くつ》を脱いで水面に足を浸す。白い足首にはまだ擦《す》り傷が残っており、否応《いやおう》なしに、聚星《しゅうせい》に責められたときのことを思い出してしまう。

自分を責め立てる、酷薄な声。冷たい指。

視線を感じた気がしてそちらを見やると、御者の若者が慌《あわ》てて目を逸《そ》らす。軽蔑《けいべつ》されているのだろうな、と彩夏は心中で己《おのれ》を嘲笑《あざわら》う。

無論、自分は蔑《さげす》まれても仕方のないことをしているのだ。桃華郷《とうかきょう》は合法とはいえ、わざわざ金と時間をかけて男妓《だんぎ》を買いにいくのだ。浅ましいことをしていると思われているに、違いない。

金で躰を売る聚星たちは、自分よりは遥《はる》かに誠実だ。

彩夏の実家は三代続いた商人だったが、三代目に当たる両親は商才など欠片《かけら》もなかった。そのくせ自尊心ばかりが高いためにすぐに没落し、生活に行き詰まった。困窮しきっていたところに、姉がさる大店《おおだな》の跡取り息子に見初められ、嫁ぐことになった。

雨という姓はその大店のもので、彩夏のことも引き取ってくれたのだ。

義兄《あに》の孝陽《こうよう》は優しい気質の持ち主で、居候が一人増えることに対して何も言わなかった。それどころか寧《むし》ろ、人並み外れて頭のいい彩夏が番頭として店を取り仕切ることを喜び、いろいろなことを任せてくれる。表面上は生真面目《きまじめ》な彩夏が、気晴らしと称して桃華郷を訪れていることを知ると、小遣いまでくれるほどだ。

馬鹿馬鹿しい。

義兄の面影が脳裏を過《よ》ぎった瞬間、胸に鈍い痛みを感じた。

彩夏は舌打ちをし、手拭《てぬぐ》いで足を拭《ふ》くと再び沓を履く。

「そろそろ出発しましょうか」

「……ああ」

あと数刻もすれば、家に辿り着いてしまう。

それが苦しく、辛《つら》く、そして嬉《うれ》しい。

義兄の顔を見たくはない。彼の視線と行き合うのが、辛い。

温厚で柔和な孝陽は、悪い人ではない。寧ろ、優しくて度量が広い人物だ。

姉が亡くなった今でもなお、身寄りのない彩夏のことも、家族と扱って共に暮らしてくれているのだから。


御者が「どう、どう」と馬に声をかけて、家の前で馬車を停《と》める。

「着きましたよ」

「ありがとう」

それだけを素っ気なく告げると、彩夏は約束の残金を手渡し、荷物を手に玄関を潜《くぐ》る。扉を抜けると、帳場《ちょうば》に座っていた孝陽が顔を上げた。

「おや、彩夏。戻ったのかい」

帳簿を確認していた孝陽は見るからに相好《そうごう》を崩し、義弟《おとうと》の帰宅を歓迎している。その穏やかで草食動物のような優しい瞳《ひとみ》に合うたびに、彩夏は己の醜さに煩悶《はんもん》してしまう。

「はい、ただいま戻りました。義兄上」

彩夏は笑み一つ浮かべることなく、素っ気なく告げた。

「長旅は疲れたろう。ゆっくり休むといい」

「どうせ、商談にかこつけた遊びですから」

自嘲《じちょう》めいた口調で返すと、孝陽は「そんなことはない」と首を振る。

「商談の疲れを癒《いや》すために遊ぶのだから、それは必要なことだろう。誰しも、息抜きは必要なものだ」

「そうおっしゃっていただけると助かります」

皮肉げに唇を歪《ゆが》めた彩夏は、自室へ向かおうとする。しかし、長々と責められた余韻のせいか、足が不意にもつれた。

「おっと」

咄嗟《とっさ》に手を伸ばした孝陽にきつく肩を摑《つか》まれる。

「ッ！」

動揺した彩夏は反射的に男の手をはたき落としていた。

——汚い……。

呟《つぶや》いたつもりはなかったが、独り言になってしまっていたのか、聞き咎《とが》めるように孝陽が視線を上げる。

「どうした、彩夏」

「……いえ」

触れないでほしい。

この穢《けが》れた肉体に。醜悪な妄念に満ちた心に。

義兄がまだ、亡妻——美しく優しかった彩夏の姉を愛しているという事実を、誰よりもよく彩夏は知っているから。

「疲れたので、少し休みます」

「——そう、だね。そのほうがいい」

笑み一つ見せることなく彩夏は告げると、荷物をまとめて自室へと向かう。

寝台に身を投げ出した彩夏は、先ほど兄が触れた己の肩に、そっと手をやった。

「……」

瞬く間に、躰が熱くなってくる。

一体いつから、彼に焦がれるようになってしまったのだろう。

こんな醜い思いを隠して、あの人に相対するようになったのだろう……。

義兄は知らないからこそ、あんなふうに穏やかな顔ができるのだ。

ほかの男を身代わりにして、思いを遂げる彩夏の暗部を知らないから。

自分はいつも、ほかの男に組み敷かれながらも、心はあの人に抱かれている。

本来ならば彩夏も結婚してこの家を出ていくべきだろうし、事実、縁談はいくつも持ち込まれている。しかし、決断することさえもできずに、已は未練がましくここに留《とど》まっている。

理由一つ聞かずにそれを許す孝陽は、ひどく残酷だ。

苦しい。いつも、苦しくてたまらない。だけど、その苦痛でさえも、慣れてしまえば甘美なものだ。

この情念に気づかれて諦《あきら》めろと言われるよりは、今のほうがよほどいい。

彼が触れたこの熱をよすがに、あとどれだけの月日を耐《た》えられるだろう。

「あつい……」

ただ声と体格が似ているというだけで義兄の身代わりにされる男のことを思い出し、彩夏は薄く笑む。

あの男には、そういう相手はいないのだろうか。胸に思いを秘め、焦がれることはないのだろうか？

思いはいつも、雨のように降りしきり、流れ、やがて消えていく。

そばにいられるという、それだけのことが嬉しい……。

降りだした雨が葉を濡《ぬ》らしていく音が、やけに鮮明に耳に届いた。

あとがき

こんにちは、和泉です。

このたびは『宵待《よいまち》の戯《たわむ》れ』をお手にとってくださって、どうもありがとうございます。

本誌でしばらく漫画原作をしていましたが、文庫では久しぶりのお目見えとなります。一話完結の中華風無国籍ファンタジー『桃華異聞《とうかいぶん》』シリーズの一作目ですが、どうかお楽しみいただけますように。

これまでにも何度か歴史ものには挑戦しこちらのリンク作を雑誌にも掲載していただいたことはあります。が、書き下ろしでこのジャンルの単行本というのは初挑戦で、いつも以上に緊張しています。

私は小さな世界観（一族とかお店とか）の設定が好きなので、こうした大きな世界観を作る経験は初めてで、設定を考えるのもおっかなびっくりでした。が、あまりにも厳密にすべてを規定すると大変ですし、区分自体も中華ではなく、中華風無国籍というゆるいものになっております（笑）。一番悩んだのが遊廓の中の用語で、結局は自分で勝手に決めてしまいました。ですので、本来の用法と多少ずれていることもあります。こんな感じで国ごとの設定とか文化とか、あらゆることを自分で好きなように決めてしまいましたので、マイ設定だらけですが……少しでも面白いと思っていただけると嬉しいです。

キャラクターについては、今回は佐々先生の描かれる美人攻を見たい！という野望から、まずは聚星《しゅうせい》が生まれました。受の灯璃《とうり》はどうしてもツインテールが見たくて。そして、ちびっこ仙人は絶対におかっぱですよね！と担当さんと盛り上がり……かなりビジュアル重視のお話となりました（笑）。なので、素晴らしいラフを見せていただいたときはとても嬉しかったです！　ちなみにお気に入りは聚星なのですが、それ以外で書きやすいキャラは、莉《り》英《えい》と彩夏《さいか》、そして意味ありげな顔見せだけのみの登場となった翠蘭《すいらん》です……とてもわかりやすく（笑）。

じつはこの作品は企画もので、小説リンクスで展開している『神獣異聞』シリーズとリンク作となってます。もちろん、一方しか読まなくてもまったく問題ありませんが、両方を読んでいただけると更に美味しい……という作りを目指しています。『神獣異聞』は陽都《ようと》全体のお話で、『桃華異聞』は桃華郷《とうかきょう》の中でのお話です。テイストは違いますが、同時代のお話なので、お互いのシリーズのキャラクターがちょこちょこ顔を出しておりますし、これからも出てくる予定です。宝探しみたいに、そのあたりも楽しんでいただければと思っています。

さて、今回もお世話になった皆様に御礼を。

まずは、素晴らしいイラストを描いてくださった佐々成美様。灯璃はひたすらキュートに、聚星は華やかな美人に、どのキャラも素敵に描いていただけて本当に幸せです。どうもありがとうございました！　担当さんと「本望です」と連発しまくるほどの萌えイラストの数々、すべてが嬉しかったです。次回もどうかよろしくお願い申し上げます。

常日頃から萌え話につき合っていただいているうえ、今回も多大なご迷惑をおかけしてしまった担当のO様には、本当に頭が上がりません……。またしても美人攻を書かせていただいて、幸せでした。いつかご恩を返せたらと切に思います。また、リンクス編集部のN様とU様も、ご協力ありがとうございました。

そして、毎度のことながら大変お世話になっているお友達の皆。とりわけ今回も、多忙だというのにSさんには筆舌に尽くしがたいほどにお世話になりました。また、「面白かった」と言っていただけるお話を書きたいです。どうもありがとうございました。

最後に、この本をお手にとってくださった読者の皆様にも、心より御礼申し上げます。

もしこの本をお気に召していただけましたら、是非、小説リンクスにて展開されている『神獣異聞』シリーズも読んでいただけると嬉しいです。

次回の『桃華異聞』までかなり間が空くというのに、どんなお話を書こうかな、と今からわくわくしながら考えています。こんなお話を読みたいというリクエストやご感想がありましたら、お寄せいただけると幸いです。

それでは、また次の本でお目にかかれますように。

和泉　桂

主要参考文献（順不同）：
「中国遊里空間　明清秦淮妓女の世界」大木康・著（青土社）
「中国性愛博物館」劉達臨・著（原書房）
「妓女と中国文人」斉藤茂・著（東方書店）
「中国服装史」華梅・著（白帝社）

✦初出　宵待の戯れ……………書き下ろし
雨夜の戯れ……………書き下ろし

和泉桂先生、佐々成美先生へのお便り、本作品に関するご意見、ご感想などは
〒151-0051 東京都渋谷区千駄ヶ谷4-9-7
幻冬舎コミックス　ルチル文庫「宵待の戯れ　～桃華異聞～」係まで。

幻冬舎ルチル文庫

宵待の戯れ　～桃華異聞～

2006年9月20日　第1刷発行
2009年12月20日　第2刷発行

✦著者　和泉　桂　いずみ かつら

✦発行人　伊藤嘉彦

✦発行元　株式会社 幻冬舎コミックス
〒151-0051 東京都渋谷区千駄ヶ谷4-9-7
電話 03(5411)6431[編集]

✦発売元　株式会社 幻冬舎
〒151-0051 東京都渋谷区千駄ヶ谷4-9-7
電話 03(5411)6222[営業]
振替 00120-8-767643

✦印刷・製本所　中央精版印刷株式会社

✦検印廃止

ISBN4-344-80839-8　C0193　Printed in Japan